米泽穗信与古典部

The Memories of Classic Club

[日] 米泽穗信 著
黄敏贤 译

新星出版社 NEW STAR PRESS

米泽穗信与古典部

The Memories of Classic Club

CONTENTS

Interview

“古典部”系列 十五年的历程

自二〇〇一年《冰菓》面世以来，米泽先生与『古典部』系列携手并进，不断进步，如今可谓『交情颇深』。本次邀请米泽先生再次讲述『古典部』的过去与未来，包括不为人知的内幕。

采访·撰文 — 泷井朝世　摄影 — 本后裕二

——据说“古典部”系列起步于一九九九年，您当年同时在写大学的毕业论文和《冰菓》的雏形故事。

米泽：是的。雏形故事的主人公等角色是大学生，我写投稿作品时改成了高中生，因为我想缩小他们的世界范围。大学生只要想去就能去任何地方，但高中生的世界只会停留在狭小的学舍之内。我认为在这种状态下描写一段遵循时间顺序的旅程，会更符合我想写的东西。

——《冰菓》的内容是高中古典部的四名成员调查学校过去发生的事情并找到真相。请问那些谜团的构思来自哪里？

米泽：其中一个很大的因素是我看了北村薰老师的《六之宫公主》。那个故事讲述的是探索芥川龙之介的创作之谜，我因此发现了“日常之谜”这个类型原来可以有很多种表达方式。我当时想写的是狂热团体中的牺牲者，于是就打算写一写推理作品。

——主人公折木奉太郎是一个奉行节能主义的少年，不想做无谓的事。请问他和其他角色是怎样诞生的？

米泽：折木是侦探角色。侦探有时会窥探他人的内心，对吧？从事那种职业的人就算了，一介高中生可不喜欢那样做。如果喜欢那样做，他很可能是一个不懂人心的孩子。我希望他可以对此有所犹豫。

千反田爱瑠是抱着好奇心、带来“案件”并邀请主人公解决的“委托人”角色。接下来，我构思出的角色是伊原摩耶花。她是千反田的朋友，视角和读者相近，负责在解决谜题的过程中提供“正常思考会是这样吧”的观点。最后，再构思出主人公的搭档、华生一角——福部里志。（注：华生，Dr. John H. Watson，是阿瑟·柯南道尔爵士所著小说《福尔摩斯探案全集》中的虚构人物。）

——您在大学四年级时撰写了《冰菓》，以此报名参加角川学园小说大奖赛“青少年推理和恐怖部门”，获得了鼓励奖，进而出道，但据说您一开始并不打算参加这个大奖赛。

米泽：年底时，我打算参加另一个快截止报名的大奖赛，但激光打印机的墨粉用完了。我去附近的电器店问，他们说只有松本市有库存，那里太远，所以我就放弃了，投了下一个快截止报名的大奖赛。

——毕业之后，您一边在书店工作，一边写小说，是在那个时候收到了得奖的通知吧。

米泽：我不知道那一天公布获奖结果，下班之后还去玩了一阵子才回家，然后听家人说“有人打电话过来说你得奖了”，也就是说，我没亲自接到那个令人喜悦的电话（笑）。

——居然是这样（笑）……那么，第二集的《愚者的片尾》是在那之后写的吗？

米泽：不是，在结果公布前我已经写完第一章。我很喜欢那些角色，还想再写他们的故事。关于古典部的故事，我打算以自己学生时代的经历为基础，所以当时决定写一段文化祭拍电影的故事。我在高中三年级时也写过电影剧本，故事讲述的是侦探靠推理侦破连续杀人事件。

——《愚者的片尾》里面也出现了连续杀人事件的剧本，用在某个班级为文化祭拍摄的电影中。但是因为那个剧本没写完，折木等人要推理出它的解决篇。

米泽：这是因为我想写杀人事件。要在古典部里写的话，就只能写成作品内的虚构故事。另外，我曾写过文化祭电影的剧本，具备了写剧本的经验。

——您在后记里提到了伯克莱的《毒巧克力命案》，请问您是不是也想写那种推理战？

米泽：我觉得那种形式的推理作品很适合我，因为我的文风是以论理为先的。在《冰菓》的解决篇里，大家会说出自己的推理，然后互相争论，我把那个部分当成一个小的《毒巧克力命案》。《愚者的片尾》并不只是一个小故事，我是打算把事件写成一本书的。

——另外，听说由其他出版社发行的《再见，妖精》，其实原本的计划是作为“古典部”系列的第三集，这是怎么回事？

米泽：发行了两集作品的品牌（Sneaker Mystery 俱乐部）被停掉了，导致我出不了已经写好的下一部作品。当时东京创元社的编辑联系我，问我手头上有没有稿件，我就把这份没能出版的稿发给他，他看完跟我说“这本小说必须面世”。于是，我就约上角川书店的编辑，三个人见了面。角川的编辑说“这小说很难在我们社出，所以拜托你们了”。我修改后，写出来的便是《再见，妖精》。

——在《再见，妖精》内登场的太刀洗万智，之后在《王与马戏团》和《十米真相》都登场过，请问古典部内属于太刀洗定位的角色是谁？

米泽：其实没有。太刀洗是重写的时候构思的全新角色。

——原来是这样啊！尽管发生过这样的事，但三年后“古典部”系列重新启动了。

米泽：因为我很走运，和《再见，妖精》一样由东京创元社出版的《春季限定草莓挞事件》很受欢迎。于是，角川决定把“古典部”的前两部作品划入角川文库的品牌，以平装本的形式推出全新的第三集《库特利亚芙卡的排序》。

这本书讲述的是秋天文化祭当天的事情，前两部作品都提过文化祭，所以不写当天的事可不行（笑）。当时，我想用多视角的形式来写。在这三天里，他们这些古典部成员在何时身处学校的什么地方、每个人的故事会在哪里怎样产生交集，创作四人份的设计图很困难，但也很有趣。不过嘛，折木极少行动，因此实质上是写三人的就好了。既然前作没有把剧本中不再写的角色当成推理作品的棋子，而是强调了他们有着自己的想法和情况，那我也不希望古典部这四人只是担当完成推理作品的职责。在这个意义上，感觉《库特利亚芙卡的排序》是一个转折点。

——接着，您在两年后推出了短篇集《绕远路的雏人偶》。这部作品描述的是他们在高中一年级那一年里发生的事情。

米泽：虽然之后还可以继续写他们一年级时的故事，但这个时候我决定推进时间。时间不向前推进，这部小说就会有缺陷，更重要的是我希望他们得到成长。其中《该做的事情就尽快做》应该是当成类似“切斯特顿的悖论”来写的。后记里还说过希望《心里有数之人》能吸引读者去看哈利·柯梅曼的《步行九英里》,《恭贺开门》能吸引读者去看杰克·福翠尔的《逃出十三号牢房》。这个系列原本就起步于向年轻群体推广推理作品的品牌，我希望它能成为读者接触过去推理名作的桥梁。

——在三年后推出的下一部作品《两人距离的概算》里，他们终于升上二年级，迎来了五月的马拉松大赛。

米泽：从《绕远路的雏人偶》那时候开始，他们还会走进学校之外的世界。这是因为当我看到卢因的《一个少女的提问》的原标题*Ask The Right Question*时，我想象的是“只问一个准确问题的那种推理作品”。我看了书后，发现内容完全不一样（笑），这令我想看看自己想象之中的作品。另外，在故事随着长距离移动而推进这一点上，我在构思时还想到了斯蒂芬·埃德温·金的《长路漫漫》（*The Long Walk*）。再加上要写自己学生时代的经历，而高中时代的马拉松大赛让我印象深刻，因为那个大赛要在山岳地带跑十五千米左右。

——通过一年级新生的登场，古典部的他们展现了另一面呢。

米泽：描写他们平常的样子很容易，也很有意思，但我觉得既然决定了要让时间推进，那就不能只写这一点。《两人距离的概算》描写的是来自外部新人所引发的变化，而描写他们自身不得不改变，则是在下一部作品《迟来的翅膀》。

——那本约六年后的短篇集新作《迟来的翅膀》包含了两个伊原视角的故事呢。

米泽：当时我已经在杂志里写过伊原视角的《镜中不得见》，所以也想过在《我们的传说之书》中要不要用福部视角来写。但这种选择只是为了维持短篇集的平衡，以一本小说的角度来说是错误的。根据小说的必然性来说的话，这本书必须是伊原自身的小说，于是就决定收录两个采用她的视角的故事。

关于里志，我认为在《手制巧克力事件》(《绕远路的雏人偶》收录）里面稍微已经写出了他的心情，而且我觉得他未来不会以“广泛而不深入”的状态长大，这方面未来也会一点儿一点儿写出来。

——这次的作品《迟来的翅膀》描写的是暑假时千反田小姐遇到了大麻烦。

米泽：这个标题名在三四年前就定好了。只不过，我在正式写小说正文的时候，才总算在脑海中明确了千反田的想法。在另一个企划里构思古典部四人的书架时，只有千反田的书架很难写出来。她的未来已被规划好，她也接受了这一点，但与此同时也处在相当于被禁止烦恼的状态中。然而这次通过描写她在这个基础条件被打破时的样子，让我想象出“这个人可能会看这种书”。

在最初的小说雏形里，千反田本来就是一个空虚得像机器人的人，只会带来谜题。我感觉自己花了十五年的时间才写出了她的内在，写出了她是一个怎样的人。

——话说回来，“小市民”系列也是由高中生担任主人公的青春推理作品，请问您会怎样把它和“古典部”系列区分开呢？

米泽：推理小说所描写的世界，是被推理风格的常识点缀着的，对吧？侦探屡次在所到之处遭遇杀人事件，这种事情在现实中是不存在的。“古典部”偏离了那种推理世界。另外，“小市民”系列的登场人物更像推理世界的居民，他们一外出就会遇到“案件”。这个系列年底也写了短篇……

——当然啦，古典部今后的发展也令人很在意。

米泽：我打算下次在千反田遭遇事件的基础上，描写他们的暑假。虽然每一部作品都很重要，但是我和古典部打交道的时间最长，感情很深。只不过，打交道久了就会习惯成自然，所以我会注意不把自己的习惯写出来的。

“古典部”全新短篇

虎与蟹，或者折木奉太郎的杀人

某一天，大日向带了一本镝矢中学派发的册子来地学教室，册子的标题是《读书感想例文》。看见一行人兴奋不已，奉太郎却坐立不安……

切勿去做坏事。过去的事，总有一天会曝光。即使拼命辩解“那是年轻时犯的错，无论谁在那个时期都一样”，也不要奢望在铁证面前能被酌情处理。这等于是踩中了自己在过去设置的陷阱，如果引用之前看的文库本里的内容，就是“人不知道不可揣测的命运会在什么地方布下陷阱”。只要能下定决心尽可能清白地活着，那今天因旧恶被曝光而承受的精神拷问，就是有价值的。

某个星期二，古典部的所有成员难得地齐聚在地学教室。但是这令人郁闷得咬牙切齿，为什么偏偏这一天会到齐，平时不是只有两三个人吗？这天，一年级学生大日向兴奋地大叫：

“我带过来了！”

她说完便把那本册子放在桌子上摊开。这一刻，我甚至觉得自己一直以来所舍弃和遗忘的事物都在埋伏我。

“哦，带了令人怀念的东西过来啊。说起来是有这种东西。”

里志说道。伊原则在他身旁感叹：

“找到了啊。小日真是爱惜物品。”

大日向装模作样地挺起胸膛。

“对吧。朋友也经常这么说我。”

如此看来，这本册子放学后会出现在地学教室，似乎是伊原的主意。我强忍心中涌起的不安，打算集中精神看手上的书，但完全做不到。

坐在教室后方的千反田站起来，窥探大日向摆在桌子上的册子。

“《读书感想例文》……这是什么啊？”

“呃，这个啊……”

大日向一边说，一边看了看伊原。伊原接过话说道：

“这是镝矢中学在暑假前派发的。如果突然要求大家写感想，学生肯定会不知所措，所以会让他们参考一下去年的感想。”

“这是花岛老师干的吧。”

里志补充道。大日向又嚷嚷道：

“小花！好怀念啊……”

大家是这样称呼她的吗？

“花岛老师，是镝矢中学教语文的老师吧。听说就是她把折木同学的读书感想送去参加市竞赛的。”

“对，就是那个人。”

里志得意扬扬地点头。

“老师对措辞和语法的准确性要求很严格，不过也说过希望我们在这个基础上，按照自己的观点自由发挥，写出读书感想。怎么说呢，这本册子，我记得有些极端的例子，是用来说明可以写得非常自由的。三年里每年都会发一本。我原本以为每个中学都这么干，但似乎并非如此。”

“印地中学没有这种东西。”

目前的古典部成员之中，只有千反田读的是另一所中学。

“福部同学也参考过吗？”

“我记得很有意思，但有没有参考过呢……倒不如说，印象中我没写过读书感想。”

这种事可不能堂而皇之地说出来吧。

伊原无奈地摇了摇头。

“我看过。实话说，我每年都很期待这本册子。”

大日向说话总是这么大声。

“我很喜欢语文，但每次看这本册子，我都会认识到自己很死脑筋，只懂写普通的感想。”

“说到这个的话……”

千反田半开玩笑地微笑道：

“我也有同感。”

“啊哈哈，这就是有常识之人的悲哀。”

“我也这么想。”

说大日向和千反田是有常识之人，让我隐约有些难以接受。不过，和里志之类的人相比，她们确实更有常识吧。

我漫不经心地望向窗外，看见运动社团的社员们在操场上散开。时值春季，樱花还没完全凋谢。大概是运动社团招到了新社员后，开始教导一年级学生吧。古典部没有需要教的技巧和避免受伤的注意点，所以顶多就聊聊这种不知是否有意义的话题。

千反田拿起册子，翻开书页。

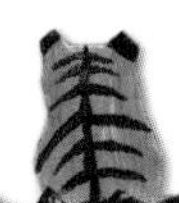

“《*Rump-Titty-Titty-Tum-Tah-Tee*读书感想》。哎呀，署名是作者名字的首字母缩写啊，K.B.——我只能想到两个人。”

“这一篇倒是写了名字啊。青木薰子。”

毕竟前提是给低年级学生看的，有很多人都不想自己的文章收录在册子里。参加市竞赛是情非得已，但绝对不想在后辈面前出丑。册子的目的是让学生参考怎么写读书感想，并不需要作者的名字。因此，不想刊登名字的学生就会写成首字母的缩写。

“比起这个。”

大日向一边说，一边从千反田手上轻轻拿回册子。她翻了几页，把我在内心祈求不要被说出来的那个书名毫不忌讳地说了出来。

“我想让大家看的是这篇文章。《<山月记>的读书感想》……H.O.。”

大日向只亮了亮这篇文章，便放下了册子。

“镝矢中学出身，名字缩写是H.O.的人。”

伊原接过千反田的话，小声说道：

“比小日早一年。也就是说，和我们同年。”

里志摆出冥思苦想的样子。

“H.O.……HO？HO啊。选择《山月记》这种有名但短得应该能很快看完的作品作为读书感想的课题，这个HO……”

这群人真会打击人。我把文库本放到桌子上，斩钉截铁地说道：

“那可不是我啊。”

大日向拍了拍手高兴地说道：

“是这样啊！既然不是学长写的，那看起来就轻松多了！”

我说不出话。

“骗你的。其实是我写的。”

里志苦笑，伊原叉起腰。

“我知道啊，奉太郎。”

“为什么要说这么明显的谎话啊？”

千反田露出仁慈的笑容，侧头说道：

“你肯定是有点难为情吧，折木同学。”

既然知道，就没必要说出来了吧。

大日向问众人想不想看，其他三个人都以各自的方式回答说想看。事已至此，已经无路可逃了。不过，只是《山月记》的话，还算不上致命伤。

“好，那接下来，为了今后的语文学习，我想让大家一起借鉴折木学长的感想。”

大日向说完便看了看我，一本正经地说道：

“学长不愿意的话就算了。”

我产生了幻觉——上个星期，我似乎被问过同样的问题，回答也依然没变——

“这篇文章是公开的。随你们的便吧。”

严格来说，这篇文章的公开条件是向中学的学弟学妹们隐藏真实姓名，但总不能说匿名被看穿了就不准看。不过三年前老师问我能不能把读书感想收录在给学弟学妹们看的册子里时，我做梦也没想到升上高中之后会被社团成员拿来取笑我。但公开是不可逆的行为，本来就附加不了条件……这话是照搬老姐的。

大日向莞尔一笑，环视众人。

“话说，有人还没看过《山月记》吗？”

地学教室陷入了一种奇妙的寂静中。

依我所见，这种沉默并不是因为没有人看过《山月记》，而更像是“自己看过，但不知道有没有人没看过，如果这时候回答‘我看过’，或许没看的人会很尴尬”，因顾虑到他人才会保持沉默。

无论实际如何，第一个开口的人是里志。

“不好说呢。你就介绍一下故事概要吧。”

“明白。”

大日向挺起胸膛，高声叙述：

“《山月记》是中岛敦写的一个非常有名的短篇。某个优秀的男人考上了科举，但他不想当官，更想当一名诗人，青史留名，于是就辞官去写诗。可是他过得并不如意，无可奈何只能选择再次当官，但又无法接受被别人当成新人，于是某一天失踪了。故事从这个阶段开始。

“男人失踪之后过了一段时间，某个官员因为公务路过一座山的时候，遭到老虎袭击。老虎在即将杀害官员之前冲进了草丛，说了一句‘好险啊’之类的话。官员记得这个声音，便呼唤失踪男人的名字，接着老虎在草丛

中回答说自己确实就是他。至于男人为什么会变成老虎，以及他变成老虎之后每天会有什么想法……这方面我解释不清楚。”

里志露出困惑的神情，答了句：

“这样啊。谢谢你。”

大日向把手放在册子上，自豪地笑道：

“我看这位H.O.先生的感想时，真是大吃一惊。他写的东西并非完全出乎意料，但我从未深入探究过，更重要的是我从来没想过要把这种想法写成学校的读书感想。我很高兴能见到作者。请和我握手。”

大日向离我的桌子有一定的距离，我们互相向空中伸出手，来了一次虚拟握手。

“那么，呃，就是这样了。”

她将倒压在桌子上的册子翻过来，接着除我之外的四个人便凑在一起阅读。

我假装继续看文库本，但实际上坐立不安，这也是无可奈何的吧。我基本记得自己写了什么。

《山月记》读书感想

二年级 H.O.

这次看了《山月记》，觉得很有意思。李征和袁傪能再会，实在太好了。李征过得很好，实在太好了。希望他可以长命百岁。

我老家附近有只猫，它会叫，但从来没说过话。因为不会一直盯着它看，或许它会在没有人留意的时候说话，但个人认为猫应该是不会说话的。因为它的嘴巴、舌头和喉咙的形状都异于人类。

袁傪在山上遭到老虎袭击。老虎放开袁傪，藏到草丛里面，重复念叨“真的好险”。袁傪听见这个声音，询问“这声音，是吾友李征兄吗”。老虎回答“正是”。袁傪对着草丛提问，草丛内传来了回答。

和猫一样，老虎的嘴巴、舌头和喉咙也异于人类。即使拥有人类的意识，用老虎的嘴巴说人话肯定也是不可能的，又或者会吐字不清，听起来肯定比鹦鹉学舌古怪得多。

然而，袁傪只是听了草丛中传出的低语声，就辨认出那是李征的声音。

也就是说，他听见的就是李征本来的声音。考虑到“老虎不会说话”和“能听见李征的声音”，那么结论只有一个——

草丛内有老虎和人类李征。

他和老虎身处草丛，却并不害怕，还能和袁傪说话，这就意味着李征驯化了老虎。他在山上做什么呢？个人认为有两种可能性。

第一种可能是：李征控制着老虎，让老虎尽可能不袭击人类。这样的话，可以说是李征在不为人知地监视着老虎，助人为乐。他是一个好人。

第二种可能是：李征唆使老虎袭击旅人，然后他拿走尸体上的钱财。我认为这类行为就是所谓的山贼，他是一个坏人。

根据李征说的话，很难看出他是老虎的监视者还是山贼。因为他为自己当不了诗人感到羞耻，所以当他做一些诗人不会做的事情时，应该会瞒着其他人。但其中也有一条线索可以推敲——

李征讲述了自己成不了诗人的心境，吟诵了几篇自己创作的诗之后，拜托袁傪照顾他的家人，然后他自嘲“如果我是人类，其实应该先拜托你这件事才对”。

但是，我感觉这里有点奇怪。李征因为自己当不了一流诗人，之后还抛弃了地位和家人。个人认为遇见朋友的时候，他首先诉说这份苦楚反而才是正常人会做的事情。可是李征为此感到羞耻，还说出了没必要说的自嘲作为借口。这是为什么呢？

这可能是因为，李征知道他的家人安然无恙。他可能是害怕自己这么晚才拜托袁傪照顾家人，导致被袁傪看出他知道家人有家可归、生活富足，才慌忙解释，表示自己最后才提到家人，是因为自己不是人。

李征知道家人有钱，当然是因为钱是他寄的。监视老虎赚不了钱，因此可以认为他离家出走之后当了山贼。

老虎袭击袁傪的时候，李征重复念叨“好险”，或许是发现了旅人就是朋友袁傪，所以才会这么说。那一带还没天亮，环境昏暗，李征应该看不清袁傪的长相，只能看出表示身份的服饰。

驯虎山贼李征在即将得手之前，察觉到今天的“猎物”是国家官员，便制止了老虎。一旦袭击了官员，人们便会正式展开打虎行动，或许甚至会派遣军队。李征念叨“好险”，是因为真的很危险。

李征过得好是好事，但他的工作很危险。看完《山月记》之后，个人

感觉他活不久。

一阵叹息声响起。我听不出是谁在叹息，但能察觉到那不是感叹。俗话说先下手为强，我要在他们开口之前抢得先机——

“这就是所谓的初中生会有无聊的想法。”

里志表示反对，他说道：

“不，这还真的不容小觑。在我的印象中，奉太郎在初中二年级时可不算怪人，我还真是有眼无珠啊。”

这边，大日向看起来很高兴。

“我连袁傪没亲眼看见老虎说话都没发现，明明很喜欢这个故事，看过很多次。”

另一边，伊原一脸无法释然的表情。

“写得很有意思……但就不能看成是那种故事吗？我是看成老虎会说话来看的。”

“不，那样看是对的。”

我不是真觉得李征是山贼，也不是不理解这种把扭曲的心灵比喻成老虎的手法。只不过，我并没有摆出通情达理的态度接受“就是那样一个故事”，只是给出了一个“仅看字面意思的话，是不是也能当成这样”的率直看法，又或者说耍了个恶作剧的把戏……只不过，我确实是为了得出一个有点刺激的结论而随意解释了一番。语文老师花岛看了这篇感想也苦笑着说“是很有意思，但恰恰是太有意思了，显得有点无聊”。理解成“就是那么一个故事”，就等于是读者在协助故事。可以说两者彼此协助，也可以说是“共犯”。与其说这种理解并不少见，倒不如说，这是一般的情况。音乐剧演员莫名其妙在路上唱歌，时代剧作品的官员全是恶官员等设定说奇怪也很奇怪，但讨论这些没有意义。想看完全没有“共犯关系”的故事就应该丢掉书本上街去，而我这篇读书感想故意拒绝了“共犯关系”。这么看来，确实可以说很有初中生作文的风格。

我没心思没完没了地跟伊原解释这一点。那才是耻上加耻。

千反田把原本就很大的双眼睁得更大，但一言不发。所谓的呆若木鸡就是那个样子吧。我正想着她下一个瞬间会不会说出“咦，折木同学从来没见过会说话的猫吗”之类的话，谁知她只是用那双大眼睛看着我。我无

法通过她的表情看出她是惊讶还是发呆，但不知为何，我总觉得她在责备我，便不禁把头扭向一边。

“折木同学……”

她的回应堵在喉咙里说不出来。

“好厉害啊。”

我可以当她是在夸奖我吗？

总而言之，难受的时光结束了。不要再做曝光他人过去这种没有价值的事，接下来就致力于对彼此更有建设性的事吧。对了，聊文集的话题如何呢？为了即将到来的文化祭，我们五个人一起做一本出色的文集，让古典部名震全校吧！

然而我没能说出这段话。一旦我在这时候这么说，里志等人很可能会说“是啊，比如说，让奉太郎写一篇《平家物语》的感想如何”。

我心想:麻烦了，要怎么岔开话题呢？然而，大日向并没有忽视我这一瞬间的犹豫。不对，实际上大日向并不是有意为之，只是原本就打算这么做，但对我来说，她的行为就像抓准了我一时大意的可乘之机。她把手伸进书包，又拿出一本《读书感想例文》。

“话说，这才是重头戏。”

还真是不知道命运会在哪里设置陷阱！

大日向会特意在房间里找出这种册子带过来，肯定是伊原在我不知情的时候向她提及我的读书感想。初中一年级时，我给《跑吧！美乐斯》写的感想，因为某些原因，同样在这个地学教室里被当成了话题。想必是大日向听说了那件事而想起《读书感想例文》的吧。

一年级的时候，我写的是《跑吧！美乐斯》，二年级的时候写了《山月记》。如今一想起这两篇例文，我都会脸红，说实话我很想伴随着尖锐的惨叫把所有记录烧个精光，但目前我正凭借超强的自制力压抑着冲动。然而，接下来可不妙。

“这是我三年级时收到的例文，里面也刊登了H.O.学长的感想，感觉文章写得很奇怪，但我也挺喜欢的。”

现在……还来得及？应该有足够的时间踢翻桌子冲过去，从大日向手上抢过册子，然后撕烂它塞进嘴里。即使不可能销毁这世上所有的《读书感想例文》，至少能在今天这一刻避免我的初中三年级读书感想曝光吧？

“顺便一提，这篇感想写的是《猿蟹合战》。”

啊，她说出来了。

“哦！真意外啊！”

“咦，真的吗？”

里志和伊原惊叫出声。册子被放在桌子上，我已经没办法抢过来了。明明刚才立即行动或许就能解决，但真到了危急关头时，体面和常识却妨碍了我，导致我连区区一本小册子都没能毁掉。啊，我得到了教训——优柔寡断的人会失去一切。

其实，我很清楚只要我说“不，我没想到还会有那本。我不想那篇文章被人看见，不要看”，这些家伙就不会强行去看。如果只看了一眼，书就被人在眼皮底下没收的话，他们就不会纠结此事。好奇心重的千反田可能会感到难过，但表面上应该也会表示理解。

我没能这么做，因为刚才自己说过文章是公开的，可以随便看。明明动动脑子就会知道有第二本，我却选择了一如既往的回答。我不想改变按照自己平常的想法说出来的话，感觉这会贬低自己。

因此，我只能任由他们去看那篇《猿蟹合战》的感想。

没什么，不要紧。一眼看上去，那只是一篇普通的读书感想，他们不可能察觉到有问题的那个地方。

我没看那群家伙，或者应该说想看却不敢看，只能听声音。

“请恕我斗胆再问一次，有人没看过《猿蟹合战》吗？”

里志答道：

“民间传说的版本很多。如果和我知道的不一样，要告诉我啊。”

“啊，不，那个……”

“猴子和蟹交换饭团和柿子，因为柿子还没熟，蟹便把柿子种了下去。柿树长成后，猴子说要帮蟹摘柿子。但猴子只顾着吃柿子，甚至还把生柿子扔下去，杀了蟹。

“蟹有儿子，它决定报仇。于是，栗子、蜂和马粪……失礼了！还有臼协助蟹，潜伏在猴子的家。猴子在地炉生火时，栗子爆开击中了它，它想冷却伤口，便去了水瓶旁，蜂又刺中了它。猴子想逃出房子却踩中马粪摔倒，然后被掉下的臼压死了。就这样，蟹成功报了仇。差不多就是这样吧。”

能听见有人在低声感叹。

“好厉害。民间传说这种东西一般会忘记一部分啊。福部学长真了不起。”

“哎呀，也没有多厉害啦。”

“但是，对不起。我本来想说的……虽说是《猿蟹合战》，但是是芥川龙之介的《猿蟹合战》。”

是啊。抱歉啦，里志。

里志当然不会摆出一副泄气的样子。

“还有这种文章啊，我都不知道。”

伊原也接过话说道：

“我也是。我还自诩自己看了不少芥川的作品。”

另一方面，千反田一言不发，她可能在看读书感想。

“《猿蟹合战》是一个短故事，可以算超短篇，描写的是蟹报仇之后的情况。它们没能迎来平稳的生活，因为杀了人……虽然被杀的是猴子，但这个先不谈……因为犯罪，它们被逮捕和起诉，主犯蟹被处以死刑，臼它们被判处无期徒刑。社会没有为蟹辩护，绝大多数人都没有袒护它。蟹一家失去了家庭支柱，陷入了悲惨的境况中——差不多就是这么一个故事。”

“虽然想看看……”

伊原用难以接受的语气问道：

“这个故事就说了这些吗？”

“哎呀，不止说了这些，但我不敢全说完。然后，H.O.学长的感想是这一篇。”

好了，是旧恶遭到裁决，还是生活能恢复平稳呢？接下来就是关键。

《猿蟹合战》读书感想

三年级 H.O.

这次看了《猿蟹合战》，感觉蟹和蜂它们很可怜。即使现在生活风平浪静，也不知道自己什么时候会遇到麻烦事。这部作品让我思考了自己在危急关头时应该怎么做。

正如作者的阐述，猴子向蟹扔的是生柿子，因此这算是伤害致死。但

另一方面，蟹并不是不小心杀死了猴子，而是故意“杀人”。它精心制订了计划，被判死罪也是无可奈何，而蜂它们被判无期也可谓妥当。

但是，总觉得只要律师的水平足够好，审判结果应该会对蟹更有利。我查了查资料（绘本），令人吃惊的是，蟹虽然恨猴子，但没有直接参与那次“杀人”事件。潜伏在猴子家地炉的是鸡蛋（不是栗子，蜂和臼是一样的，之前并不知道还有鸡蛋出场的版本），刺伤猴子的是蜂，即使是蟹拉的缰绳，但杀害猴子的不是蟹，而是臼……资料之中还有马粪妨碍猴子逃亡，应该是作者觉得那样写有损小说的美感而割爱了吧。

蟹应该可以这样申辩：我确实跟臼它们说过自己很不甘心，但没说过要它们杀掉猴子。请问你们有证据证明我要它们杀害猴子吗？臼它们确实因为义愤帮我报了仇，是志趣相同的伙伴。但它们不是杀手，你们也根本找不到“杀人”委托书和杀死猴子的报酬等证据吧？

鸡蛋也是，难道说在地炉里就是犯罪吗？诸位应该也很清楚，鸡蛋被火烤肯定会爆开，击中了猴子是很不幸，但鸡蛋完全可以夸张地表示这根本不是“杀人”。蜂也同样可以说自己只是站在水瓶上时遭到猴子袭击而已，是你们的话也会反击吧。真正无法申辩的只有臼，动手的“人”要吃亏。

蟹接受了死刑的判决令人同情，但它原本可以推托。看了《猿蟹合战》之后，个人认为加入某个计划的时候，负责制订计划可能更加安全。

“这是什么啊？”

里志怪叫道。

“很有意思吧？”

大日向高兴地说道。接着伊原不满地接过话：

“陈述的观点不算没意思，但怎么说呢，有点胡闹过头了。”

嗯，是的。那篇读书感想只是在胡闹。好，别谈论这个话题了，我们来讨论一下世界和平吧。

“和《跑吧！美乐斯》，还有《山月记》相比，这篇感想很短。”

我的愿望落空。千反田小声说完，然后问我：

“折木同学，这是为什么呢？”

既然她提出疑问，那我也不能无视，便转过头看着千反田等人。

“我之前也说过，我原本以为读书感想的作业要写五张稿纸以上。之

后，我发现弄错了，其实是五张以下，所以三年级的时候就写短了。仅此而已。”

千反田低头看着册子，含糊地点了点头。

“是这样啊……”

她好像有些不满。我背上直冒冷汗。

里志先说了一句：

“虽然对大日向同学感到抱歉……”

接着，他又跟我补充道：

“也对奉太郎感到抱歉……”

然后，他才进入正题——

“我觉得这篇文章不妥。《山月记》那一篇还有些地方能让人认同，但这一篇不对。我没看过芥川的原文，这么说可能不妥，但我觉得这篇文章是鸡蛋里挑骨头。”

大日向嘟起嘴表示抗议：

“但是，既然你这么说，那鸡蛋里挑骨头和正当批评的差别是什么？”

“你问得这么直接……”

里志语塞了。

“也很难回答啊。”

“对吧？这篇文章确实更随意，容易两极分化，但我很喜欢，而且不觉得和《山月记》的感想有什么不同。”

大日向连那种文章也说喜欢，我很想诚实地感谢她，但里志说得对，那不过是鸡蛋里挑骨头。不过我不打算插嘴，所以一直沉默不语。这时候，伊原交叉双臂看着大日向说道：

“我也没看过那部作品，所以不知道能不能表达好。无论是小说还是漫画，都会出现没描写到或是模棱两可的部分吧。毕竟全部写出来会很啰唆，而且本来就不可能全部都写。”

她的语气像是在教诲。

“什么意思？”

大日向也没有反驳，只是这么问了一句。

“迷宫探险的漫画不会写上洗手间的场面，对吧？读者认为这是缺陷还是省略，得看他们的看法。举例的话就是这样了。”

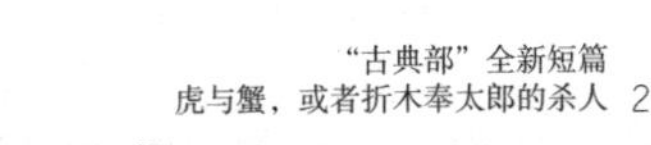

“啊，感觉这个可以理解。”

“然后，故意恶意解释那类被笼统带过的因素，我觉得就是鸡蛋里挑骨头。”

“嗯？”

“我猜，芥川的《猿蟹合战》没写蟹和臼它们交代彼此是同伴的事情。但是，既然蟹被判死刑，臼它们被判无期徒刑，就算文中没写，也可以认为它们交代了或者有证言，证明了它们的共犯关系。当然了，写上这段证明的话，作品可能会更亲切，但这和迷宫的洗手间一样，全写进去未必能让故事更好。尤其是当故事有别的目的的时候。”

大日向默默点头。

“可是，折木把没提到的要点看成缺陷，表示蟹它们应该否认彼此是共犯。如果折木真以为共犯关系没得到证明，那就是他读得不够深入，虽然不太可能，又或者是作品的说服力不够。无论是哪一种，他的意见都算是一种批评，不论批评是好是坏。但是……”

伊原看了看我，她的目光并不严肃。

“如果觉得那不是缺陷而是省略，却故意写成缺陷，那就是鸡蛋里挑骨头。《山月记》的感想写得很奇怪，但并没有感受到那种恶意。我觉得小福想说的就是这个意思。”

她不愧是平常有画漫画的人。实话说，我并没有想那么多。

“是这样吗？”

大日向看着里志问道。但里志只是含糊地笑道：

“大概吧。抱歉，我有点跟不上。”

伊原不知是不满意里志的回答，还是为自己的长篇大论感到羞耻，她轻轻摊开双手。

“我说完了！”

大日向注视着两本册子，小声说道：

“意思是这两篇感想有着本质上的不同吗？但是，折木学长……不了解H.O.学长的意图，就不能确定这是不是鸡蛋里挑骨头吧。这不是很含糊吗？”

里志耸了耸肩。

“是很含糊。唉，没办法啊。人根本不能百分百理解他人的想法，怎

么可能百分百理解文章啊。”

感觉他这个态度过于消极，不过，这总归是好事。写得不怎么好的感想被评价为不好，这下审判的时间该结束了吧。我现在离席，应该也不会被人认为是逃避吧。我就在最后留下一句漂亮的评语，结束放学后这段没有建设性的杂谈吧。

就在我这么想的时候，一直默默注视着感想的千反田用手指抵着嘴唇，小声说了一句：

“So,Tsu,Gi,Yo,U？”

“咦，什么？”

伊原诧异地问道，但千反田盯着册子不放。

“摩耶花同学，‘Sotsugiyou’是什么？”

“Sotsugiyou？不是毕业吗？”（注：日语的“毕业”一词，用罗马音标注就是Sotsugiyou。）

千反田一下子两眼发光。

“毕业！对，肯定就是这个！”

一种踩空的感觉笼罩了我的全身。噢，上帝啊……

“什么毕业啊？”

里志问道。千反田把抵着嘴唇的手指伸向我的读书感想。

住手啊，饶了我吧。居然偏偏是千反田看穿了！

“折木同学原本应该是在稿纸上写这篇读书感想的，所以我想了想原本是怎么写的。”

“你说原本……意思是文章不一样？”

“不，不是这个意思，是写在稿纸上的话会是什么样子。如果是四百字的稿纸，一行是二十个字，一张纸有二十行吧。”

“哦哦！”

里志点头表示理解。

“意思是换行位置不一样啊。嗯，确实，稿纸的话是二十个字换一行。但是，这又怎么了？”

“换行之后，就会组成‘毕业’。”

气氛顿时变得一片呆然。

“呃，什么意思？”

千反田红着脸说道：

“不好意思！我从头解释吧。”

别说了，求求你……

千反田为了整理思路，目光游移不定，不久之后她似乎下定了决心，便开始讲解——

“我看了折木同学的这篇文章，感觉非常不对劲。蟹、臼、蜂都是……”

她用手指指着文章的各个地方。

“有些地方用汉字，有些地方用片假名（注：日语的表音文字）。《山月记》的感想并不是这么写的。”

伊原和大日向低声发出惊讶之声。

“啊，真的。”

“听你这么一说，确实是这样。”

“不对劲的地方不仅如此。我还拜读过折木同学的《跑吧！美乐斯》的读书感想，《猿蟹合战》中有一点，是《跑吧！美乐斯》和《山月记》中完全没有出现的。”

千反田隔了一拍，摆出一本正经的神情说道：

“是第一人称。”

对。唯独那个地方，我不得不使用第一人称。

“查绘本那个地方，写的是‘我查了查资料（绘本）’。明明除此之外完全不会使用第一人称，为什么只有这里用了呢？汉字和片假名的差别又是为什么呢？还有，为什么只有这篇文章这么短呢？我很好奇。”

接着，她看了我一眼。

“我本来想问折木同学……但让别人看自己的读书感想好像让他有点害羞，因为顾虑他，我自己思考了一下……首先想象了一下原本的稿子是怎样的。”

这太奇怪了吧。

里志似乎也有同感，困惑地微笑着说道：

“就算书写习惯不正规，我觉得因此去想象写在稿纸上的样子也很奇怪啊……”

千反田不解地侧起头问道：

“是吗？”

“是啊。”

“我认为原稿很重要……而且我很擅长这类规则的排列。”

她莞尔一笑，然后可能是想表达自己很擅长，又举起一只手摆了个胜利的手势。

伊原半信半疑地把笔盒拿过来。

“二十个字换一行？小日，我可以用铅笔标个记号吗？”

“啊，请便。”

众人沉默了一阵子。大日向的册子上应该是这样标记的吧。

这次看了《猿蟹合战》，感觉蟹和蜂它们很可（注：此行最后标记为So）/ 怜。即使现在生活风平浪静，也不知道自己什么时候（注：此行最后标记为Tsu）/ 会遇到麻烦事。这部作品让我思考了自己在危急关（注：此行最后标记为Gi）/ 头时应该怎么做。

正如作者的阐述，猴子向蟹扔的是生柿子，因（注：此行最后标记为Yo）/ 此这算是伤害致死。但另一方面，蟹并不是不（注：此行最后标记为U）/ 小心杀死了猴子，而是故意“杀人”。它（注：此行最后标记为Ha）/ 精心制订了计划。被判死罪也是（注：此行最后标记为A）/ 无可奈何，而蜂它们被判无期也可谓妥（注：此行最后标记为Re）/ 当。

“这个怎么了？”

“呃……”

千反田着急地把手在空中甩来甩去。

“我想象了写在稿纸上的样子，然后发现那些假名……那个……每一行最后一个假名可以连起来读。”

一切都完了。

完了！

“也就是说，折木同学在稿纸上写这篇读书感想的时候，横着看最下面一行（注：日本的书写习惯以竖排为主）的时候，可以拼出‘毕业’这个词。而且应该还有后续。”

“真的吗？不是巧合？”

伊原感到惊讶，继续动笔标记……

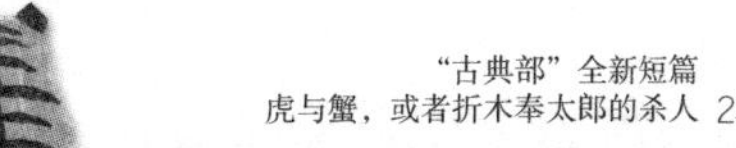

《猿蟹合战》读书感想

三年级 H.O.

这次看了《猿蟹合战》，感觉蟹和蜂它们很可怜。即使现在生活风平浪静，也不知道自己什么时候会遇到麻烦事。这部作品让我思考了自己在危急关头时应该怎么做。（此段行尾标记为：So/Tsu/Gi。）

正如作者的阐述，猴子向蟹扔的是生柿子，因此这算是伤害致死。但另一方面，蟹并不是不小心杀死了猴子，而是故意“杀人”。它精心制订了计划，被判死罪也是无可奈何，而蜂它们被判无期也可谓妥当。（注：此段行尾标记为：Yo/U/Ha/A/Re。）

但是，总觉得只要律师的水平足够好，审判结果应该会对蟹更有利。我查了查资料（绘本），令人吃惊的是，蟹虽然恨猴子，但没有直接参与那次“杀人”事件。潜伏在猴子家地炉的是鸡蛋（不是栗子，蜂和臼是一样的，之前并不知道还有鸡蛋出场的版本），刺伤猴子的是蜂，即使是蟹拉的缰绳，但杀害猴子的不是蟹，而是臼……资料之中还有马粪妨碍猴子逃亡，应该是作者觉得那样写有损小说的美感而割爱了吧。（注：此段行尾标记为：No/No/Ta/Bi/No/I/Chi/Ri/Du/Ka/U/Re/Shi。）

蟹应该可以这样申辩：我确实跟臼它们说过自己很不甘心，但没说过要它们杀掉猴子。请问你们有证据证明我要它们杀害猴子吗？臼它们确实因为义愤帮我报了仇，是志趣相同的伙伴。但它们不是杀手，你们也根本找不到“杀人”委托书和杀死猴子的报酬等证据吧？（注：此段行尾标记为：Ku/Mo/Na/Shi/Ka/Na/Shi/Ku。）

鸡蛋也是，难道说在地炉里就是犯罪吗？诸位应该也很清楚，鸡蛋被火烤肯定会爆开，击中了猴子是很不幸，但鸡蛋完全可以夸张地表示这根本不是“杀人”。蜂也同样可以说自己只是站在水瓶上时遭到猴子袭击而已，是你们的话也会反击吧。真正无法申辩的只有臼，动手的“人”要吃亏。（注：此段行尾标记为：Mo/Na/Shi/O/Re/Ki/Ho/U。）

蟹接受了死刑判决令人同情，但它原本可以推托。看了《猿蟹合战》之后，个人认为加入某个计划的时候，负责制订计划可能更加安全。（注：此段行尾标记为：Ta/Ro/U。）

“Sotsugiyou…Ha…Are…Nonotabi…Noichi…Ridukau…Reshi…”

伊原结结巴巴地说道。大日向突然大叫，覆盖了伊原的声音。

“我明白了！是和歌！‘毕业是荒野之旅的里程碑，不可喜亦不可悲。折木奉太郎’。哇！”

千反田满意地说道：

“是一休禅师的狂歌。‘门松是冥土之旅的里程碑，可喜亦不可喜’。折木同学改了这首和歌，吟诵了自己对于初中三年级义务教育最后一年的感慨，还把感慨藏进了读书感想。”

里志接过话说道：

“哦……哎呀，没想到奉太郎会这么做啊……吓了我一跳。是荒野之旅吗……为什么奉太郎这位节能主义者，会写这么大费周章的藏尾诗啊？”

大日向几乎摆出了欢闹的态度。

“这还用说吗！折木学长很喜欢写读书感想，大概还喜欢花岛老师！对吧，学长？哎呀，学长怎么摆出这种表情啊？”

难道这些家伙没一个人经历过被别人读自己初中时写的诗歌这样的事情吗？为什么你们能若无其事地做出这么残酷的事情？

我没看那些家伙，只是耷拉双手趴在桌子上，小声念叨“啊啊，真是的”，然后用简短又准确的语句表达了当前的真实心境：

“干脆杀了我吧。”

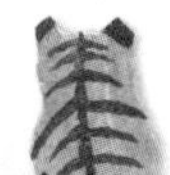

对 谈 集 1

米泽穗信与推理作家

论述古今东西的推理作品

这两篇对谈将探究孕育了
“古典部”系列的推理文化。
其中列举了众多有名作品，
犹如一本导览书。

对谈

米泽穗信 北村薰

“发现谜题”的奥妙之处

《小说 野性时代》(《小說 野性時代》)二〇一三年五月号刊载

对谈

米泽穗信 恩田陆

想写这样的推理小说!

《小说 野性时代》二〇〇八年七月号刊载

对谈 米泽穗信

“发现谜题”

说到“日常之谜”，首先想到的便是北村薰先生。他创作了“春樱亭圆紫和我”系列等众多作品。本次还邀请了凭借《冰菓》等学园推理作品而走红的米泽穗信先生，请两位论述了“日常之谜”。

设计构图 | 泷井朝世　摄影 | 本后裕二

北村薰的奥妙之处

创作推理作品的契机

米泽：我开始看推理作品的时候，“日常之谜”已经成为被大家认同的推理作品。在阅读各种作品的过程中，我拜读了北村老师的《六之宫公主》，感到十分惊讶。那部作品围绕芥川龙之介的短篇展开，让我认识到那类作品原来可以如此真挚地用推理的风格去表达。《六之宫公主》是我开始写“日常之谜”的最大契机。

北村：我很荣幸。那部作品源自我的毕业论文，解谜方法连我自己也觉得很有意思。

米泽：有很多以前的作品即使没有杀人事件，故事也能成立，但因为是推理作品，便添加了杀人事件。但现在即使没有杀人事件，推理作品也能成立。我认为是因为“日常之谜”这个概念被人们熟知，从而创造了另一种选项。

北村：处女作《空中飞马》对我来说，只是写了一个必然会写的故事，并没有什么特别的举措。后来，那种风格被人们称为“日常之谜”。就我的情况来说，要写杀人事件的话，除了被害者和加害者之外，我还需要思考事件对他们的家人和身边人的影响等因素，因此会很难。当时，我

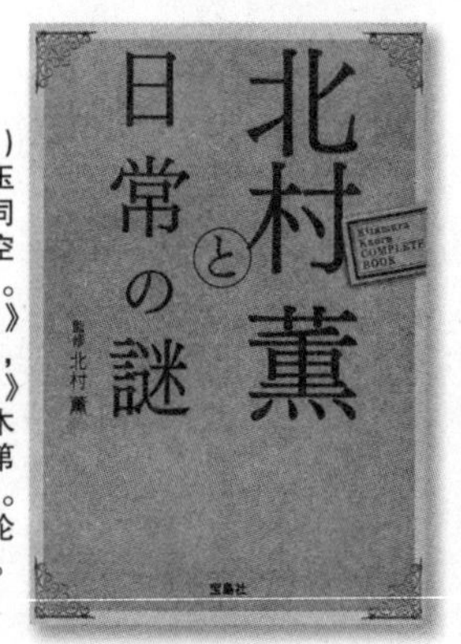

北村薰（Kitamura Kaoru）一九四九年出生于埼玉县。在担任高中老师的同时，于一九八九年凭借《空中飞马》出道成为作家。一九九一年凭借《夜蝉》获得日本推理作家协会奖，二〇〇九年凭借《鹭与雪》获得第一百四十一届直木奖，二〇一六年获得第十九届日本推理文学大奖。除此之外还在随笔、评论与编辑的领域中大显身手。

只是思考写什么才能自然地写出来，觉得不能走写杀人事件这条路线而已。

米泽：我写的时候也不会执着于“日常之谜”这个分类。分类的名字是读者想看这类作品时所使用的关键词，但如果被这些名字束缚了创作，那就是本末倒置了。

日常的不可思议之谜

北村：本格推理在我的脑海中是很广泛的，无论什么都可以成为谜题。比如说《推理十二月》(《ミステリ十二か月》)这本推理作品介绍书里也提到过，板仓圣宣先生有一部名叫《白菜之谜》(《白菜のなぞ》)的纪实作品，里面介绍了江户时代之前日本没有白菜的原因。如果将时间定在江户时代前的小说里出现了白菜，就会很假。白菜进入日本是明治之后的事，在那之前日本国内并没有种植。据说这是因为白菜是一种容易杂交的蔬菜，很难在会有其他植物的种子飞来的地方种植。宫城县是日本第一个可以收获白菜的地方，作品的谜题是为什么那里能收获。我觉得这已经算本格推理作品了。米泽先生在日常生活中有时也会觉得某些东西很有本格派的感觉吧？

米泽：前些天我去车站时，看见一个小学一二年级的小孩和母亲一起走，在我们擦肩而过时，我听见那个母亲说“华盛顿的话可以去”。如果她说的是美国华盛顿，那就太奇怪了，附近也没有叫这个名字的店，所以我一直思考她说的是什么意思。

北村：或许她说的不是“可以去”而是“可以说”。(注：在日语中，“去”和“说”两者发音开头都是“i”。)

米泽：确实！

北村：米泽先生有时会以过去的名作作为基础，是吧？《绕远路的雏人偶》里面的短篇——《心里有数之人》讲述的故事是根据校内广播的简短

语句解开谜题，是在挑战哈利·柯梅曼的《步行九英里》对吧？

米泽：是的。不过我是先得知了实际的事件，觉得把它和《步行九英里》结合在一起的话，应该能写成推理作品。这是用答案反推，所以没什么好自豪的。

北村：同一本书里面的《恭贺开门》则是挑战福翠尔的《逃出十三号牢房》吧。米泽先生经常会被过去的作品所刺激吗？

米泽：是的。因为听说《六之宫公主》是一部源自毕业论文的小说，所以我也根据自己在大学时的研究，写了《再见，妖精》这部以南斯拉夫（注：一九二九–二〇〇三年，建立于南欧巴尔干半岛上的国家，现在已经解体）为主题的小说。

北村：哦，是这样啊。我很高兴。

米泽：话说刚才提到的白菜，意思是会给白菜授粉的植物的生存界限在宫城县以南那一带吗？

北村：一直在思考这个问题啊？（笑）不是这样的。听说是在没有植物生长的小岛上种植成功了。不过我不知道现在是怎样种的呢……宫城有松岛湾。

米泽：哦，原来如此。

北村：看，很本格派吧。解开谜题之后，人会有一种紧张被缓和的快感。我很喜欢这种感觉。我想写能令人信服的作品，从来没注重过要写“日常之谜”。

日常之谜没有固定套路

米泽：“空中飞马”系列并非完全没有犯罪性质。从《覆面作家有两位》

(《覆面作家は二人いる》)起步的系列也是呢。

北村：那个系列的日常之谜也很多。

米泽：请恕我再跑一下题，"覆面作家"系列里面，男主人公从未使用过第一人称。

北村：很少会有人真的用男性第一人称的"boku"吧。但我觉得在文章里写"ore"也不妥，就决定一次也不写。(**注：在日语里，男性第一人称"我"的两种说法，用罗马音标注就是"boku"和"ore"。**)

米泽：写了三本竟然还没用过第一人称，真可谓技巧超群啊！

北村：谢谢米泽先生发现这个特点。

米泽：能向作者本人说出这份感动，我很高兴。回到"日常之谜"的话题，我认为最精彩的地方是发现谜题的部分。让读者心想"在这种地方发现了谜题啊，这么一看还真是不可思议"。这种快感和其他推理作品有点不一样。

北村：也有些推理作品是读者以为写的是杀人事件，但是后面会发现只是单纯的事故，从而变成了日常之谜。写法、表现方式和描述步骤千变万化。

米泽：有时也会在看完之后才发现那部作品是写"日常之谜"的。一位名为杰拉尔德·克什(Gerald Kersh)的作家有一部短篇叫《饮酒的弊病》(*The Sympathetic Souse*)故事里有一对兄弟，哥哥酗酒，弟弟讨厌酒，但不知为何，哥哥喝得越多，反而是弟弟越不健康。我看完真相的时候，觉得如果要加一个推理分类的副标题，应该是"奇妙的味道"，这能算"日常之谜"。

北村：嗯，也就是说"日常之谜"没有固定套路。因此，也会很难写。比如即使小说成就不高，只要那是密室作品，就有看的价值，这是传统和套路的优点。然而"日常之谜"没有固定套路，各自都是不同的故事。每一个故事都必须从零写起，需要非常努力，花样也繁多。

米泽：是啊，没有固定的套路，所以希望能让读者看到各种风格的故事，告诉他们“还能有这种套路”。

北村：米泽先生有什么喜欢的“日常之谜”作品吗？

米泽：正常列举的话是《砂糖合战》(《砂糖合戦》)和《六月的新娘》(《六月の花嫁》)，列举最近作品的话，市井丰先生的《人偶兹丝卡的余生》(《からくりツイスカの余命》)给我留下了很深的印象。那部作品的主人公不得不构思演剧社还没写完的剧本的结局，作品使用了推理作品的一种手法，我觉得很有意思，还有初野晴先生的短篇《魔方》。那个故事里有一个六个面全是白色的魔方，也很有意思。

北村：如果让我列举印象深刻的作品，那肯定是我在东京创元社编纂的《日本侦探小说全集》(《日本探偵小説全集》)中坂口安吾分卷里的短篇《暗号》(《アンゴウ》)。这部作品的谜题非常深奥，角色从令人恍然大悟的真相中跃出水面。后面还有催人泪下的场面，但这份泪水绝对不廉价。看到这个短篇之前，我看推理相关的作品从来没投入过。当我整理成书的时候，都筑道夫老师跟我说“那篇很有意思”，我很高兴，但这意味着连都筑老师也没看过。

米泽：就是说，您要通过编入精选集的做法让推理迷看到这部作品。

北村：然后就是户板康二老师的《绿色列车的孩子》(《グリーン車の子供》)，这也让我恍然大悟。那是一个系列作品的其中一部，由歌舞伎演员中村雅乐担任侦探。说到户板老师，就得谈那部提及切腹的《团十郎切腹事件》(《團十郎切腹事件》)，故事讲述的是解开历史中的谜题，和解决杀人事件的所谓一般推理作品不一样，还有高木彬光的《成吉思汗的秘密》(《成吉思汗の秘密》)和约瑟芬·铁伊那部解开理查三世之谜的《时间的女儿》等作品。

米泽：说起来，最近发现了理查三世的遗骨。

北村：虽然故事并不需要事实来证明它的真实性，但我感觉通过这件事，关于理查三世的作品中的故事被证实了。

简短词句的谜题

米泽：北村老师最近加入了《日式点心精选集》(《和菓子のアンソロジー》)吧。这本书的投稿作家阵容强大。老师的短篇《接龙》(《しりとり》)采用了一边创作俳句，一边解谜的表现手法，展示了推理作品的全新可能性。说

到歌谣，我之前就有个问题想请教。这个话题可能和“日常之谜”无关，请问我可以问吗？

北村：嗯，请说。

米泽：北村老师的《诗歌埋伏》(《詩歌の待ち伏せ》)的其中一本记载了佐佐木幸纲的短歌“稚气的你毫无顾忌地大吃芹菜，爱你不需要理由”，我原本以为这首短歌描述的是看孩子吃芹菜的父母，看了解释之后才发现写的是女友，真是大吃一惊……

北村：这样啊。我完全没想过和小孩子有关。

米泽：是吗？可能是我太受“稚气”这个词的影响了吧。

北村：看来米泽先生不觉得女性会稚气啊（笑）。

米泽：唔……

北村：短歌和俳句很短，所以能有很多种解释。或许这也算一种“日常之谜”。比如寺山修司的诗歌“在从未见过大海的少女面前头戴草帽的我张开双手”，一般解释是“大海是如此辽阔”，但也有人解释成“阻挡了去路”。表达的是一旦少女认识了辽阔的大海，就再也不会爱“我”了。在这种解释里，海是抽象意义。

米泽：听您这么一说，确实可以那么认为。另外，北村老师还在《全读物》(《オール讀物》)一月号里撰写了短篇《梦中的风车》(《夢の風車》)。主人公是一名女编辑，故事描述的是关于新人奖报名原稿的谜团。

北村：给获得大奖的人打电话的时候，对方说“我并没有报名参加”。主人公把这个谜团告诉了身处中野老家的父亲，父亲解开了这个谜团。这是一个独立故事，但是我觉得可以做成“中野的爸爸”系列。第二个短篇

喜爱的日常之谜作品 北村薰先生推荐

户板康二《绿色列车的孩子》

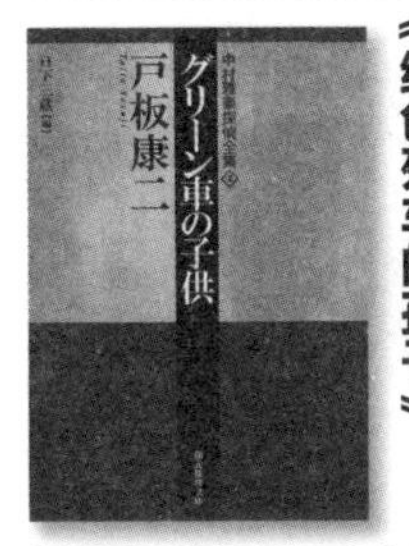

《中村雅乐侦探全集2 绿色列车的孩子》（创元推理文库）收录作品。歌舞伎演员中村雅乐系列之一。原本犹豫是否参加某个表演的雅乐，因为在新干线上遇见了一名少女而决定参加。参加的理由是？

坂口安吾《暗号》

《日本侦探小说全集10 坂口安吾集》（创元推理文库）收录作品。矢岛发现战死的朋友的藏书中夹着一张熟悉的书签。他解读了上面的暗号，产生了疑惑，但真相出人意料。

板仓圣宣《白菜之谜》

白菜究竟在何时传入日本，在那之前为什么国内没有生产？还有如今能大量生产的原因是什么？作者是一位理科博士，将详细地讲解白菜的秘密。山猫文库。

预定在《全读物》的五月号刊登。米泽先生打算什么时候写下一篇“日常之谜”？

米泽：我计划在《小说 野性时代》十一月号刊登“古典部”系列的短篇。“中野的爸爸”要定为系列名称吗？（笑）我会期待的。

喜爱的日常之谜作品 米泽穗信先生推荐

初野晴《魔方》

《退出游戏》（角川文库）收录作品。小社团吹奏乐社的春太和千夏邀请学生加入社团时，被邀请对象请求解开弟弟遗物里的谜题。那是一个六个面都是白色的魔方。本作是学园青春推理系列作品。

市井丰《人偶兹丝卡的余生》

《聆听者的艺术学社祭》（创元推理文库）收录作品。擅于聆听的大学生柏木被演剧社的女主演强迫研究一本未完成剧本的结局。本作是T大文艺社团的人们大显身手的幽默推理系列作品。

杰拉尔德·克什《废墟的歌声》

《废墟的歌声》（*Voices in the Dust of Annan and Other Stories*）（晶文社，译者西崎宪、好野理惠等）收录作品《饮酒的弊病》。哥哥越不注重健康，弟弟的身体就越差。由精神科医生阿卢姆纳讲述的奇妙病例，令人震惊的真相是……这是作家创作的奇想短篇集中的一部作品。

对谈

米泽穗信 恩田陆

想写这样的推理小说！

两位作家都对推理作品充满了强烈的敬意。
对谈时的热情不出意料，或者应该说活跃得出乎意料……
其中提到了大量的作品名。
令人再次认识到，“推理作品真的是好东西”！

撰文 | 大森望　　摄影 | 伊东武志

恩田陆（Onda Riku）
一九六四年，于日本宫城县出生。一九九二年凭借《第六个小夜子》出道。二〇〇五年凭借《夜晚的远足》获得第二十六届吉川英治文学新人奖与第二届书店大奖，二〇〇六年凭借《尤金尼亚之谜》获得第五十九届日本推理作家协会奖，二〇〇七年凭借《中庭杀人事件》获得第二十届山本周五郎奖，二〇一七年凭借《蜜蜂与远雷》获得第一百五十六届直木奖。

图一《毒巧克力命案（新版）》
安东尼·伯克莱
犯罪研究会的六名会员针对同一个案件，给出了六种推理和解决方法。使用本格推理文学手法的经典名作。创元推理文库。

图二《象与耳鸣》
恩田陆
由《第六个小夜子》中登场的关根秋的父亲——前任法官多佳雄担任主人公的解谜短篇集。收录了《等候室的冒险》《往返书简》。祥传社文库。

恩田:米泽先生在Sneaker文库推出《愚者的片尾》时,我就读了它和《冰菓》。作为青春推理作品，写得很有意思，我感觉米泽先生是一位非常标准的本格派推理作家。《愚者的片尾》采用了（安东尼·伯克莱的）《毒巧克力命案》(图一)的形式对吧。

米泽:我很崇拜多重解决类的作品[1]。

恩田:感觉信息量非常大，包含了很多元素。

米泽:谢谢。这部作品和哈利·柯梅曼的《步行九英里》在风格方面还是非常鲜明的……

恩田:还是想试试那样的风格啊，“大家都想尝试的九英里”(笑)。

米泽:对啊，确实很想尝试一下。我拜读了恩田老师的《等候室的冒险》(**注:《待合室の冒険》。《象与耳鸣》，原书名《象と耳鳴り》中收录的作品**)(图二)之后，也想试试(笑)。

恩田:而且西泽保彦先生也写过。

米泽:是《啤酒之家的冒险》(图三)吧。

恩田:看了《寻狗事务所》和《夏季限定热带水果芭菲事件》，我觉得很像西泽先生的风格。最后一下子涌现出恶意的那个部分，让我联想到西泽先生的《依存》(图四)，感觉恶意的涌现程度很像。

米泽:只不过，并不是西泽老师和恩田老师写的那种浓重的恶意。因为我会让人的恶意也成为推理作品的一部分。

恩田:但是,《夏季限定热带水果芭菲事件》等作品不是非常厉害吗?

米泽:开头用了和以往一样的连续短篇形式，所以写成了罗伊·维克斯(Roy Vickers)风格的……

恩田:哦哦，嗯,《疑案科案卷》(*The Department of Dead Ends*)的那位。

米泽:我打算采用倒叙[2]，首先写了吃夏洛特蛋糕的故事。之后转换成死亡信息[3]风格，让读者以为会致敬经典推理作品，其实在那之后再摇身一变……不过不看杂志的话，读者很难上当(笑)。

恩田:原来如此。米泽先生果然很喜欢啊(笑)。

图三《啤酒之家的冒险》西泽保彦

主人公误闯山庄，发现里面放着一张床、九十六瓶啤酒和十三个啤酒杯。本作是醉酒状态下推理的安乐椅推理作品。讲谈社文库。

图四《依存》西泽保彦

“那个人其实是我的亲生母亲。我有个双胞胎哥哥被她杀害了”。爱与欲望的犯罪剧以惊人的坦白揭开帷幕。幻冬舍文库。

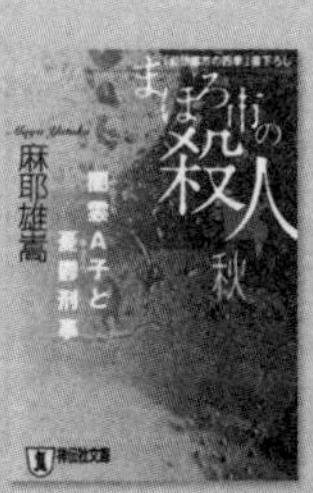

图五《真幌市的杀人 秋——暗云A子与忧郁刑事》麻耶雄嵩

杀人鬼“真幌杀手”让真幌市陷入恐慌，居住在真幌市的推理作家暗云A子向杀人鬼发起挑战。祥传社文库。

『想写一部失去的环风格的作品。』（米泽）

『标题很有趣。米泽先生会事先想好作品的标题吗？』（恩田）

米泽：在前面那集（让登场的角色）尽可能自命不凡，但是不写角色的结局，所以当准备写续集的时候，我就打算把膨胀的人勒紧。

恩田：嗯，那么《秋季限定栗金饨事件》的进展如何呢？

米泽：正拼命写，但一直写不完。我把（埃勒里·奎因的）《九尾怪猫》的风格放在心上，想写一部失去的环[④]风格的作品……

恩田：失去的环，确实想试试呢。好想试试！

米泽：那个风格很难写。

恩田：是很难写啊。

米泽：本格派的话，即使不是独一无二，也必须让读者根据一定程度的或然性得出可以接受的答案，但失去的环很难发展到那一步。

恩田：最近有什么写失去的环写得好的作品吗？

米泽：祥传社文库推出的麻耶雄嵩老师的《真幌市的杀人 秋——暗云A子与忧郁刑事》(《まほろ市の殺人 秋——闇曇A子と憂鬱刑事》)(图五)很有意思。

恩田：(一边看着《冰菓》和《愚者的片尾》，一边说)话说回来，我

图六《尤金尼亚之谜》
恩田陆
青泽家的事件里有十七个人被毒杀。时过境迁，人们根据多个角度重组这个埋藏在城镇记忆深处的屠杀事件。角川文库。

图七《斯蒂芬·金的故事贩卖机 牛奶工人》
斯蒂芬·金
《牛奶工人》是现代恐怖小说的王者斯蒂芬·金的短篇杰作集——《斯蒂芬·金的故事贩卖机》的完结篇，描绘了诡秘独特的幻想世界。扶桑社推理文库。

图八《座敷女》
望月峰太郎
一个高大的女人突然出现在某个男人面前，一直纠缠他。不仅仅是跟踪，还有流言与复仇等各种类型的恐怖故事。KC Deluxe。

很佩服你能在这个长度塞进这么多信息。在推理作品一开始时，我考虑的也是尽可能不杀人。但我在《尤金尼亚之谜》（图六）里大开杀戒，所以最近已经完全无所谓了。

米泽：《尤金尼亚之谜》里确实死了很多人（笑）。我在Sneaker文库版的《愚者的片尾》的封套前勒口写了"并不是讨厌有人死去的故事"的作者寄语。只看作品的话，死的人有多少并不是很重要的问题。

恩田：标题很有趣。米泽先生会事先想好作品的标题吗？比如《算计》等作品。

米泽：是的。不过英文标题 *The Incite Mill*（《死神斗室》）是编辑帮我加的。日文标题我一开始就定好了。当时一直用片假名加上"（暂名）"提交稿件，不知不觉间（暂名）被拿掉，大家决定"就用这个名字吧"。这本书我原本想写《长路漫漫》那样的作品（笑）。

恩田：哦，理查德·巴奇曼（注：斯蒂芬·金的其中一个笔名）的那部啊。我也非常喜欢那部作品。那是一部名作。

米泽：对啊。虽然想写，但最后没写成。《长路漫漫》玩的是一个毫无意义的游戏。

恩田：不断有人死去。

米泽：但还是表现出了令人受不了的切实感啊。比如"原来我是兔子"。我写不出这种烘托，只能复制游戏本身那毫无意义的特质，真的很遗憾。初中时我常去的书店里就有《长路漫漫》，但我不敢买回家，只敢站着看，一直看到最后（笑）。

恩田：真亏店员没生气啊。

米泽：店里的人很大方。只有那部作品让我害怕到不敢买回家，明明《牛奶工人》（图七）之类的都没问题。但这样对不起作者，后来我还是买了。

恩田：我怕的是《座敷女》（《座敷女》）（图八），望月峰太郎的漫画。我不想把《座敷女》摆在家里（笑），于是让朋友买回去，去朋友家里看。恕我跑一下题，米泽先生的作品，不是经常会（在作品内）出现文章吗？

图九《布朗神父的秘密（新版）》吉尔伯特·基思·切斯特顿
收录了《失踪的乡绅》与《法官的镜子》等共十篇作品，阐述了幽默与恐怖的根底隐藏着必然的动机。创元推理文库。

图十《亚爱一郎的狼狈》泡坂妻夫
拍摄奇特照片的摄影师亚爱一郎凭借出类拔萃的推理能力解决难解事件。收录了《被挖掘的童话》。创元推理文库。

图十一《失控的玩具》泡坂妻夫
一位女侦探和新人助手来到被称为螺丝屋的马割家，挑战庭院的巨大迷宫内隐藏的谜题。日本推理作家协会奖得奖作品。创元推理文库。

比如同人志和手记。我希望米泽先生可以写写传奇作品。《绕远路的雏人偶》不是有点传奇风格吗？比如走过樱树下之类的片段。

米泽：我当然也非常喜欢传奇作品，不过那一段是源自切斯特顿的短篇《法官的镜子》（图九）。我觉得只要仔细探究，就能找到那种特质。

恩田：原来如此。

米泽：我原本打算在《绕远路的雏人偶》里面写几次切斯特顿的悖论，但脑子不灵光，真的写不好（笑）。

恩田：我也非常憧憬悖论。所以米泽先生也喜欢泡坂（妻夫）老师吧？我非常喜欢，比如"亚爱一郎"系列的《被挖掘的童话》（图十）。

米泽：那部作品有一段惊人的内幕故事，对吧？据说编辑问老师"今天写了多少，有两张纸吗"，老师回答"怎么可能，就两行"（笑）。

恩田：真是一个讨厌的故事（笑）。

米泽：《被挖掘的童话》属于暗号作品吧。我也想写写暗号作品。

恩田：暗号、悖论、失去的环，都想试试。

米泽：推理界有很多这类"套路"，或者说前人的积累，看上去就像一座宝山，让人心想怎么能不运用。这种做法肯定不算浅薄。

恩田：因为本格推理算是传统艺能（笑），有一种习俗叫本歌取（注：指写日本和歌时，引用有名古歌的一到两句，创作新歌的方法）。我的主张是对此吹毛求疵毫无意义。

米泽：但我还没写过最重要的类型。名为密室[5]杀人的节目。

恩田：是啊，密室也想试试。

米泽：认真写密室杀人的话，很可能会被说是另类推理[6]（注：暂译名）。

恩田：确实啊。但是，这也是没办法的事（笑）。所以，就会发展成"为什么非得写成密室啊"之类的问题。

米泽：对，是的。

恩田：米泽先生喜欢泡坂老师的哪一部长篇？

米泽：我喜欢《妖女的睡眠》（《妖女のねむり》）。

图十二《一朵桔梗花》
连城三纪彦
天才歌人苑田岳叶通过两次殉情未遂事件，害死了两个女人。岳叶真正爱的人是？曾获得日本推理作家协会奖的名作。光文社文库。

图十三《人间动物园》
连城三纪彦
在创纪录的大雪导致城市功能无法正常运作的时候，一位大政治家的孙女被绑架，而且绑架事件还接二连三地发生?!双叶文库。

图十四《过去的明天》
连城三纪彦
由东京与瑞士的往返书信所交织成的书信空想故事。通过两个女人的书信，以推理风格描写出一个爱恨交加的故事。幻冬舍文库。

恩田：我喜欢《失控的玩具》（图十一）。它不是有种奇怪的开朗感吗？

米泽：主人公闯进去的动机也不错，对吧？某个老人让曾是警官的中年男人把钱拿在手上，只要找到老人，警官就能证明自己没有收受贿赂。

恩田：是吗？我已经忘记绝大部分的内容了，但是从人被陨石砸死开头这一点给我留下了非常深刻的印象。泡坂老师那种像吃了人一般的风格太厉害了。

米泽：嗯。我非常崇拜泡坂老师的轻妙洒脱，也很喜欢连城三纪彦老师那种既精彩又浓重的文章。

恩田：那米泽先生喜欢连城先生的哪些作品呢？

米泽：其实，我喜欢

“推理界有很多这类‘套路’，或者说前人的累积看上去就像一座宝山。”（米泽）

“因为本格推理算是传统艺能，有一种习俗叫本歌取。”（恩田）

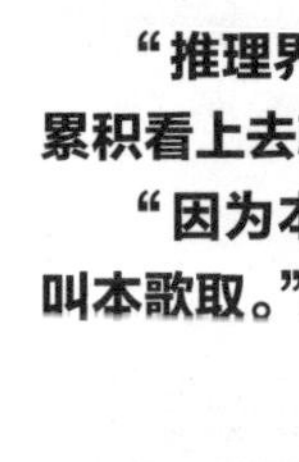

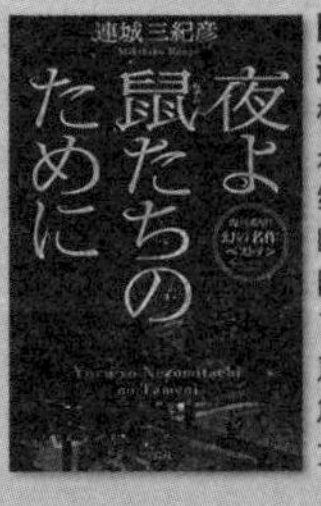

图十五《鼠之夜》连城三纪彦
标题作品描写的是一个男人为了给妻子报仇而不断杀人的执念。除此之外还收录了《来自过去的声音》等总共九篇作品。宝岛社文库。

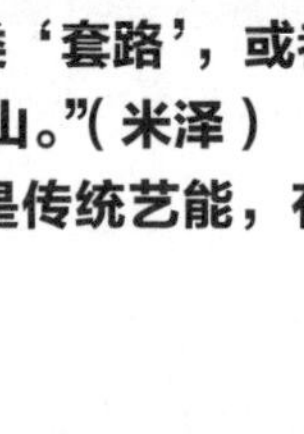

图十六《世界短篇杰作集1》
收录了杰克·福翠尔的越狱推理名作《逃出十三号牢房》以及契诃夫的《瑞典火柴》等七篇作品的短篇集。创元推理文库。

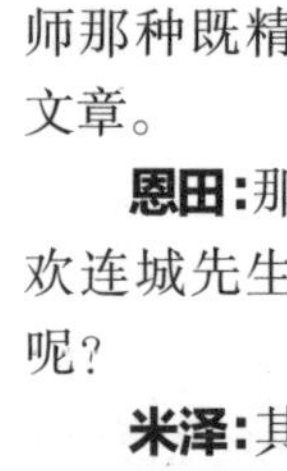

图十七《灾难之城（新译版）》埃勒里·奎因
以架空城镇莱特为舞台的系列作品第一作。除此之外还有《凶手是狐》与《十日惊奇》等作品。早川推理文库。

『相反，如果问什么风格绝对写不出来，那就是博尔赫斯了。』（米泽）
『其实我很想致敬奎因的「莱特镇」系列。』（恩田）

连城老师的《一朵桔梗花》（图十二）。不过，最喜欢的是同属“花葬”系列的《夕萩情死迷案》的故事。

恩田：那部作品很出色，就算现在看也一样，水平很高。最近我经常回顾推理作品。

米泽：比如像《人间动物园》（图十三）之类的作品吗？

恩田：是的，我觉得连城先生宝刀未老。那是绑架作品，我也想写一写，还有幻冬舍文库的《过去的明天》（《明日という過去に》）（图十四）。那个长篇写的是两个女人一直通过书信交流，让我大吃一惊。书信体的作品很长，所以我也想试一次。

米泽：短篇作品的话，有《往复书简》（《往復書簡》）吧。连城老师在短篇方面也有书信体的杰作。一名快退休的警官给照顾过他的警官前辈写信，反复地说“承蒙您的照顾。我现在也忘记不了那个绑架案”〔《来自过去的声音》（图十五）〕。

恩田：比起致敬特定的作品，米泽先生会更偏向于“这次想写封闭空

图十八《狱门岛》
横沟正史
濑户内海上的狱门岛发生了噩梦一般的连续杀人事件。托付给侦探金田一耕助的遗言所造成的影响是？角川文库。

①多重解决类作品：指对于同一个事件，作品内会提出多种解决方式的本格推理作品。

②倒叙：在故事一开始就表明犯人的作品。看点在于侦探如何攻破犯人为了实现完全犯罪所采用的手法（向读者公开）。《神探可伦坡》是“倒叙”作品里面的代表作之一。

③死亡信息：指被害者死亡之际留下的手写文字（包括指出犯人的信息）等信息。被认为源自埃勒里·奎因的构思。

④失去的环：指案件接二连三地出现，却找不到被害人的共性。发现这个“失去的环”是解谜的关键，此写法的第一次出现被认为是在阿加莎·克里斯蒂的《ABC

间[⑦]”“这次想写失去的环”吗?

米泽:先想到要写特定作品的情况也很多。《绕远路的雏人偶》里有一个被关在仓库的故事，是因为想写福翠尔的《逃出十三号牢房》(图十六)。

恩田:好古雅。读者应该没发现吧。不过啊，就算作者本人认为这是致敬了某作，但其他人觉得“不是那样吧”的情况也是常有的事(笑)。

米泽:因为在写作的过程中经常会越写越不像，但我认为新的小说就是在相差很远的情况下写成的。

恩田:有没有什么作品是事先决定“下次想写这个”的呢?

米泽:这个问题很难回答……相反，如果问什么风格绝对写不出来，那就是博尔赫斯了。《沙之书》里有一个短篇叫《阿韦利诺·阿雷东多》。某个男人躲在自己家的独立小屋里，不和任何人见面，没有人知道他为什么要这么做。我觉得这个短篇很像本格推理。

恩田:确实是。因为那个短篇主要描写Whydunit[⑧]。

米泽:还有种Finishing Stroke[⑨]式的特点，让我把博尔赫斯的作品看成推理作品的切入口还有很多。

恩田:其实我很想致敬奎因的“莱特镇”系列(图十七)。

米泽:意思是想自己创造一个类似莱特镇的城镇?

恩田:有这方面的因素，而且那个系列有种异常的氛围，感觉能解决却不去解决，充满闭塞感，让人觉得非常讨厌。我想写这种感觉的作品。

米泽:而且奎因也完全不让人觉得“有他在，就没问题”。

恩田:对啊。我想写那种强烈的不安感，或是有些神经质的氛围。

米泽:其实我个人觉得卡尔的《燃烧的法庭》应该很适合恩田老师。不过像我这样的就写不出来了。

恩田:怎么会呢(笑)。既然这么说，那我也想米泽先生写写横沟正史的风格呢。比如《狱门岛》(图十八)。

米泽:说到《狱门岛》，那就是模仿杀人[⑩]了。

谋杀案》。

⑤密室:(按理说)不可能有人出入的房间，又或者类似这样的情况，是本格推理中最基本且深奥的机关。领衔人物是狄克森·卡尔。《三口棺材》(早川推理文库)还推出了密室讲座。

⑥另类推理:是意外(或者惊人)得令读者不禁大叫“这怎么可能”的推理作品的爱称，日本还举办了选出每年海内外最佳另类推理作品的“另类推理大奖”。

⑦封闭空间:指完全屏蔽了外界的封闭空间，比如暴风雪中的孤岛、山庄、雪山等。这是本格推理不可或缺的舞台装置之一。

⑧Whydunit:Why done it,“为何犯罪”,即以“动机”为重点的本格推理作品。“Whodunit”是“犯人是谁”,“Howdunit”是“如何犯罪”。

⑨Finishing Stroke:“最后一击”。指把犯人、动机以及犯罪手法等真相留到最后一页，理想状态是最后一行才表明。埃勒里·奎

恩田：是啊，也得写写模仿杀人才行！

米泽：模仿杀人也要写啊（笑）。

恩田：不可不写的推理套路很多，但能不能写出来又是另一回事了。

米泽：看一本书的时候，会觉得虽然它只有一本，但背后联系着许多前人的作品——我很高兴能有这种感觉。

恩田：所以，结论是经典作品也要看看吗（笑）？我并不是想说请继续学习经典作品，但那么做也确实会更有意思。

米泽：是的。非常感谢。

因的《法国粉末之谜》与《X的悲剧》等作品是有名的例子。

⑩模仿杀人：指根据有名的歌曲或故事的形式杀人。

“古典部”的世界

对您来说，“古典部”系列是什么？
是真挚的推理作品，还是优质的青春小说？
请一边思考自己的答案，一边借此机会重温一下这个系列。
从由作家本人讲解的“古典部”全作品解说，到作品的隐藏要素，
都将成为你发现“新一面”的路标。

折木奉太郎（Oreki Houtarou）

●**履历：**镝矢中学毕业。二〇〇〇年四月就读神山高中。因为姐姐供惠的推荐而加入濒临废社的古典部。成绩中等，在三百五十名学生中名列一百七十五位（第一学年，第一学期的期中考试成绩）。选择了文科。

●**性格：**节能主义。宗旨是“没必要的事不做，不得不做的事，就尽快解决”。

●**口头禅：**经常在心中念叨“这样啊”。

●**爱好：**（虽然自己并未认识到）读书。经常在社团室看文库本。喜欢浅烘焙的咖啡。

福部里志（Fukube Satoshi）

●**履历：**镝矢中学毕业。隶属于古典部、手工艺社，还加入了总务委员会。

●**外表：**身材矮小，远看像个女生。眼睛和嘴角总是流露出笑容，喜欢用提袋。

●**性格：**对任何事都会广泛但不深入涉猎的类型。宗旨是“玩笑只能即兴，留下祸根就会成为谎言”。

●**口头禅：**“数据库是无法给出结论的”。

●**爱好：**是个冒牌雅士（折木评），喜好朝三暮四，但喜欢骑自行车（热爱登山自行车）、夏洛克·福尔摩斯以及街机游戏。

千反田爱瑠（Chitanda Eru）

●**履历：**印地中学毕业。因为“个人原因”而加入古典部，成为部长。神山市名门之一的富农千反田家的独生女。成绩优秀，在学年内名列前五。选择了理科。

●**性格：**好奇心非常旺盛，不时乱冲乱撞。观察能力、记忆力优秀，五感也很敏锐。

●**口头禅：**一双大眼睛散发出充满好奇的神采，然后说出“我很好奇”。

●**爱好：**非常擅长做菜。有段时期沉迷抹茶牛奶。

折木供惠（Oreki Tomoe）

●**履历：**奉太郎的姐姐。神山高中古典部校友，目前是一名大学生。为了保住濒临废社的古典部，（半强制性地）推荐奉太郎加入。

●**性格：**积极好动。

●**爱好：**旅行。升上大学之后，几乎在同一时间踏上了横跨欧亚大陆的单人旅行，还有登上海拔二〇〇〇米高山的经验。合气道与擒拿术也很在行。

伊原摩耶花（Ibara Mayaka）

●**履历：**镝矢中学毕业。和折木是小学和中学合计九年的同班同学，进入神山高中后，第一次和折木分在不同班。隶属于漫画研究会、图书委员会。五月加入古典部。

●**外表：**身材矮小，娃娃脸，甚至可能会被当成小学生。

●**性格：**好强，责任感也很强。

●**口头禅：**没什么特殊的口头禅，但说话辛辣。

●**爱好：**漫画。会认真创作出实际作品，甚至报名参加新人奖，还有点喜欢外国推理作品。

作者的『古典部』系列全解说

伴随着米泽先生的注释，介绍处女作《冰菓》到最新作《迟来的翅膀》等所有作品。

《冰菓》角川文库

折木奉太郎一直以来的做人宗旨都是“任何事都不积极参与”，但在古典部同伴的拜托下，他不断解开了隐藏在日常生活之中的不可思议之谜。

感觉折木奉太郎可能曾经因为被他人的狂热牵连而吃过苦头。我自己很怕那种扼杀一切异议的狂热气氛，所以才写了这么一个主人公吧。“古典部”系列的主题是描写“狂热以及被狂热打压的人”，这个主题如今也在很多地方若隐若现。背景是日本过去发生的某个事件，记得第一次拜访角川书店的时候，几乎所有见过面的人都会问我“为什么会提到这件事”。

《愚者的片尾》

角川文库

某个二年级学生把奉太郎叫了出去，给他看了会在文化祭上映的自主制作电影。影像播放到在废屋发生的可怕杀人场面便中止了，隐藏在这段影像之中的真实意图是什么？

这本小说基于亲身经历。高中三年级的文化祭时，我们决定拍摄电影，我提议拍推理电影，于是就决定让我来写剧本。这是我第一次写剧本，目前也是最后一次。我当时的水平有限，也不能很好地吸收别人给予的意见。最后剧本勉强完成，也得到了良好的评价，但如果那时候我在途中就放弃，会怎么样呢……这个想法就是本作的创作原点。

《库特利亚芙卡的排序》

角川文库

文化祭发生了奇妙的连续失窃事件。被偷走的东西有围棋子、塔罗牌、水枪。同伴们兴奋地说要提升古典部的知名度，因此让奉太郎去解决问题，导致他不得不挑战这个谜题。

回顾就会发现本作成了文化祭三部作的最终作。在挑战固定模式的同时，还和过去两部作品有所不同，添加了折木之外的视角。虽然我对狂热有所警惕，但并不讨厌祭典，所以故事变得非常热闹。以热情和擦肩而过作为主题，描写古典部的成员们各自遭遇的事件……但折木不会行动，他只是在解谜。在时间表内，折木那一栏里一直写着“在社团室”。

《绕远路的雏人偶》

角川文库

奇妙的校内广播的意义是什么？摩耶花送给里志的情人节巧克力的去向呢？还有祭典“活雏人偶”的举办危机等事件，描写了奉太郎在高中一年级的生活里遭遇了各种谜题的短篇集。

这个短篇集成为系列的转折点。文化祭结束，从这里开始一点儿一点儿地描写“外部”的故事，这也意味着会描写古典部的成员们将会成为一个怎样的人。记得在杂志刊登的时候，我故意打乱了时间顺序，出书的时候重新整理成原本的时间顺序，制作成一本描写他们这一年时间的短篇连续集，同时还完成了一个小把戏，让故事从开头的“只存在于学校内部的谜题”转变为最后的“只存在于学校外部的谜题”。

《两人距离的概算》

角川文库

新生大日向临时加入了古典部。但她在即将正式加入的时候，表示要退出。入社截止日当天还举办了马拉松大赛，奉太郎在比赛中一边跑，一边推理她变卦的真相。

我打算写他们成为学长学姐后的样子，写一个系统的故事，便构思了一个“只能询问证人一次，为了探究什么问题比较合适而回想过去”的故事结构。故事会以现在与回想交错描写的形式推进，但我认为时间顺序算是整理得比较有序。新成员的加入，使我可以创造出形式和一直以来不一样的谜题。大日向友子怀抱着某些问题，但折木目前还无法出手。

《迟来的翅膀》

角川书店

奉太郎的“节能主义”是出于什么原因？爱瑠在合唱节即将出场前失踪，她去了哪里？随着谜题被查明，古典部成员的新一面也浮出水面的短篇集。

在构思的早期阶段，我把主题定为“过去”和“未来”。要思考古典部的成员们各自被怎样的过去束缚、怎样展望未来、各自必须面对的事情是什么，同时还必须保证推理作品的故事结构，这既辛苦又快乐。感觉最后写出了Howdunit（如何犯罪）、暗号和Whydunit（为何犯罪）等各种风格的故事，同时还稍微写出了他们的人生展望。

还有深度的

"古典部"

隐藏要素隆重公开！

米泽先生似乎喜欢在作品里玩一些小"恶作剧"。
本次网罗了系列最新作等所有作品，包括首次公开隐藏要素的两部作品，附带米泽先生的注释，介绍各种令人恍然大悟或是意想不到的要素。

《冰菓》《愚者的片尾》《绕远路的雏人偶》……《小说 野性时代》 二〇〇八年七月号刊载
《两人距离的概算》《迟来的翅膀》……全新创作

【**进位四名门**】(P022)指荒楠神社的十文字家、书香世家的百日红家、富农的千反田家以及山林地主的万人桥家，命名的经过是"想到了凯林赛十文字选手的名字，然后看着千反田的'千'和十文字的'十'……那就按照'十''百''千''万'来命名吧……非常抱歉。"

【**大出尚人**】(P049)《神山高中五十年的历程》内记载了于昭和四十七年二月二日遭遇事故死亡的学生。其实古典部的顾问老师也姓"大出"……"我想着看惯推理作品的读者会不会觉得之后这两条线索会连到一起，描写复仇的动机。但这是针对那类推理爱好者的'红鲱鱼'(即误导)"，也就是说二人没有关系。

【**菠萝三明治**】(P064)奉太郎喜欢的咖啡厅的名字。"名字来自Blankey Jet City(注：日本的摇滚乐队)的曲名。我很喜欢。"顺便一提，那是专辑《罗密欧的心脏》的收录歌曲。

【**寺和μ之类的编号**】(P184)古典部文集《冰菓》里伊原写的"被称为经典名作的漫画"的相关记述，指竹宫惠子小姐的《奔向地球》(注：作品中的"地球"的日语发音为"terra"，而"寺"为"tera")。μ是拥有某种超能力的新人类的称呼。折木不知道《奔向地球》，所以记错了。
"μ"的日语发音不是"myu-"，而是"myuu"；另外，那不是"编号"，而是"成员"。顺便一提《库特利亚芙卡的排序》的P245也出现了《奔向地球》。

【**Why didn't she ask EBA?**】(封面，暂译名为"为何不去问EBA？")米泽先生自己取的英文标题，出自阿加莎·克里斯蒂的《悬崖上的谋杀》。登场角色之一"江波(EBA)仓子"的名字也出自此书。

【**十诫、九命题和二十法则**】(P045)二年F班，本乡真由为了写班级电影的剧本而学习的推理铁则。其中"十诫"由隆纳德·诺克斯制定，"九命题"是雷蒙德·钱德勒制定，"二十法则"则是范·达因制定，是为了公平地描写侦探小说而提倡的规则。
"要全部解说一遍……页面不够，而且当今的推理作品也不必太拘泥于这些规则。"

【音乐】(P063、094、125)各个音乐社团努力练习为文化祭做准备，铜管乐队社演奏《鲁邦三世》，和乐社演奏《水户黄门》，轻音乐社演奏《黑桃皇后进行曲》(*The march of the black queen*)。顺便一提，第三首是摇滚史上光辉灿烂的皇后乐队的歌曲——专辑《女王II》(*Queen II*)收录歌曲。奉太郎觉得一九七四年发表的第三首歌很熟悉，难道他其实是一个摇滚通？

【黄色书脊的文库本】(P091)奉太郎看了好几本这样的书。“这当然是指创元推理文库了。”

【中村青】(P098)二年F班，班级电影故事的舞台剧场的设计者。但“青”后面看不清……“出自绫辻行人老师的《馆系列》的中村青司……虽然想这么说，但我不认为中村青司会参与设计公共建筑。大概是叫‘中村青之助／青太郎’之类的某个人吧（笑）。”

【福尔摩斯探案全集】(P110)本乡真由为了写剧本而看的文库本。虽然还出现了《福尔摩斯档案簿》，但“这是新潮社版。新潮社为了调整短篇集的页数而削减了好几部作品，把削减的作品整理成《夏洛克·福尔摩斯的睿智》。因此，本乡列举的列表和真品（原书）有点不一样。”

【威士忌酒心巧克力】(P120)千反田给古典部的慰问品。千反田吃了七颗，奉太郎吃了两颗。“这个数量是安东尼·伯克莱的《毒巧克力命案》开头吃的数量。倒下的被害人吃了七颗，得救了的主人公吃了两颗。于是，吃了七颗的千反田醉了。这个把戏没人懂（笑）。”

【汝当拜此记事本如拜吾前】(P168)里志的台词，这句话“来自《古事记》。天孙降临时，天照大神授予了琼琼杵尊三神器，这是关于其中的八咫镜所下的神诏。”里志太博学了！

【青之赞歌】(P006)美术社在文化祭里的展览作品名。“来自泡坂妻夫老师的短篇《红之礼赞》(《亚爱一郎的逃亡》收录作品)。”

【去年星云奖媒体部门获奖作品】(P007)SF研究会的文化祭演出节目。“‘去年’是一九九九年。其实这说的是《机动战舰：黑暗的王子》(機動戦艦ナデシコ –The prince of darkness–)，是角川的电影。虽然有顾虑电影的出版商，但是并没有提到标题（笑）。”

【野火】(P113)御烹饪研究会在文化祭主办的活动的名称。“这来自迈克尔·克莱顿的《天外病菌》中出现的执行机构和计划的名称。记得是根据天文社的菜式联想到的。”

【COSPLAY(角色扮演)】(P023、043、090、214)以伊原为首的漫画研究会的（一部分）成员为了招揽客人，因此这样做过。伊原扮演的全是漫画角色，第一天是萩尾望都《第十一人》的法罗，第二天是藤子·F.不二雄《超能力魔美》的佐仓魔美，第三天是手塚治虫《七色鹦哥》的千里万里子。与她敌对的河内学姐扮演的全是游戏角色，第一天是《恶魔战士 猎人》的泪泪，第二天是《龙虎之拳》的金(King)，第三天是《街头霸王》的春丽。“河内第二天没有花钱。我感觉身为高中生，三天都那么讲究应该会很难。伊原没有干劲，所以三天都很随便。”

【两百册】（P029、040）古典部的文集《冰菓》的误印本数。原因是负责订购的伊原说错了自己的同人志的本数。"但个人就能印两百册，她是有多红啊（笑）。很多人都这么吐槽过。"

【主武器是AK，副武器是格洛克】（P099）园艺社灭火使用的水枪的名字。AK是苏联的军制式步枪，它的名称——卡拉什尼科夫也很有名。格洛克是奥地利制造的自动手枪，美国的FBI也采用了它，这也就是指前东西方。因此奉太郎说的是"真没节操"。"这意味着他对枪械有点了解，但并没有痴迷到会主张'要用俄语读AK'的程度。顺便一提，以我调查的范围内来看，（执笔时）应该不存在AK的水枪。"

【法塔·摩根娜】（P115）参加御烹饪研究会的活动"野火"的某个队伍的名字。"是亚瑟王姐姐的名字。《库特利亚芙卡的排序》是在图书馆里写的，我转换心情时看的书里面出现了这个名字，就随手用上了。"

【枫叶与鹿】（P168）魔术社的魔术秀时使用的纸牌，"抽扑克牌太司空见惯了，所以选择了花牌，来源于泡坂妻夫老师的《11张扑克牌》。这里肯定直接使用了那个机关吧……"

【打野鸡中】（P204）"去打野鸡"是登山者要上厕所时的隐语。"《群山可已放晴？》中提到了奉太郎有登山经验。听说女登山者说的是'去摘花'。"（注：在已经出版的中文版的翻译为"如厕中"。）

【固定着姿势不变，眼睛却有些失去焦点的时候】（P227）奉太郎思考（推理）时的样子，由千反田观察得出。"侦探进入推理时大多都有特殊动作，还有标志性台词之类的东西。我想让奉太郎也这样，但到系列第二部为止一直用的是奉太郎的第一人称，所以没机会写。这次第一次采用了外部视角的场面，就能写了。不过很不起眼（笑）。"

【失去的环】（P231）"Missing Ring和Missing Link两者的意义相通，都是指"失去的环"，也经常出现，但我也不太清楚哪一个才是对的。"

【女郎蜘蛛会】（P015）奉太郎声称存在于神山高中内的秘密俱乐部的名字。"这当然是来自于京极夏彦老师的《络新妇之理》和艾萨克·阿西莫夫（Isaac Asimov）的《黑鳏夫俱乐部》（*Tales Of The Black Widowers*）。"

【印地中学】（P020）千反田的初中学校名。奉太郎读的是镝矢中学。"镝矢是一种箭，印地是指投石。因为先推出了'镝矢'，就尝试同样使用投掷武器命名……没有更深层的意义了。"

【青山庄】（P063）伊原的亲戚经营的温泉旅馆的名字。"水户黄门隐居的地方叫'西山庄'……日语读音凑巧相同。我之后才发现这一点。取了一个奇怪的名字。"

【凶】（P129）奉太郎元旦时的抽签结果。"我一直没抽过，还以为是现实不存在的东西。最近第一次抽到了，真的挺受打击的。"

【**恭贺开门**】（P158）冷笑话。“杂志刊登时，因为觉得‘像大叔的冷笑话’就删掉了。但单行本的编辑说‘务必写进去’，于是又加进去了。”

【**手制巧克力事件**】（P159）“其实写这个短篇之前，我在旧书店找到了一本类似《巧克力词典》的书，那是巧克力厂商为了纪念某些事情而推出的，就买了回来。看了之后，我就打算写这个短篇”。

【**奉太郎的写作能力**】（P161）截至第四部系列作品的时候，奉太郎在心中做过两次类似写作的事情。第一次是描写伊原的两句话，六十四个字。第二次是在《库特利亚芙卡的排序》内表现《冰菓》滞销情况的五句话，两百六十六个字（P198）。奉太郎的写作能力究竟如何？——“他用太多形容词了。”

【**游戏**】（P168）奉太郎和里志对战玩的游戏，是模拟机器人战斗的街机游戏。“原型是《电脑战机》，是这个设定时间（二〇〇〇年）流行的游戏。里志操作的机器人是‘Cypher’，奉太郎是‘Raiden’。”

【**一筒捞月**】（P174）里志理想中的日本麻将牌型，似乎是役满（翻数高或难达成的牌型），然而……“这个旧牌型现在不采用了。除此之外似乎还有二索枪杠、五筒开花等役满牌型。”顺便一提，一筒捞月要用一筒完成海底捞月（用本局最后一张牌自摸）。

【**谍报员**】（P184）指工艺社社员。奉太郎一直称呼其为“**谍报员**”。“哎，是一个无聊的小把戏。”

【**星谷杯**】（P003）每年五月底，会举办神山高中长跑大会。“作品内是二十千米跑，我上的高中是十五千米。比赛要在行车少的山地上进行，所以高低差比距离更难受。”

【**夺得天下**】（P026）新生邀请培训会时，里志在古典部宣传演讲里的开场白。“出自落语的《纪州》。”

【**生日**】（P068）奉太郎的生日。“小学低年级阶段时，能在短期内获得巨大成长，四月出生想必会是一个优势。感觉他的体育成绩应该不错。”

【**薯片**】（P101）大日向从鹿儿岛订购的薯片。“大日向说‘既然吃过我的薯片，我想让前辈们做点事’，这来自《三国演义》中管辂的故事。一个据称时日无多的青年向占卜师请教，给一群沉迷围棋的老人送上酒菜。其实老人们是掌管寿命的寿星化身，当他们一不留神吃了那些酒菜时，青年便请求他们延长寿命。”

【**《深层》**】（P114）周刊杂志。“后来伊原投稿的漫画杂志的前身就是《月刊Comic 深层》。出版社大概是同一个吧。除此之外好像还推出了新闻杂志《月刊深层》。”

【**俄语**】（P179）奉太郎与大日向的对话。“关于突然冒出的俄语，当时想的是克林特·伊斯特伍德主演的电影《火狐》。不过现在自己再看的话，情况相差很远……”

迟来的翅膀

【**炒面**】（P003）奉太郎某一天的晚饭。“折木拿出了面条，但要炒的话，没必要在最开始炒的时候拆散。”

【**拉面**】（P022）奉太郎和里志走在夜晚的街道上，情不自禁地光顾的拉面店。“明明看上去是普通的拉面，不知为何却非常热，这是过去新宿小泷桥沿路店铺的拉面的特征。我第一次吃的时候真的是一脸茫然。”

【**雷**】（P091）镝矢中学的英语老师小木的传说——“我在至今为止的人生中遭遇过三次雷击”。“我身边真的有被雷劈过三次的人。”

【**《月刊Comic La Scene》**】（P107）伊原喜爱的漫画杂志。“就作品内的描述来看，感觉和*Harta*比较接近。”

【**台词表**】（P125）伊原画漫画的时候，会先从台词写起。“据负责《冰菓》漫画版的Taskohna老师所说，先写台词的做法并不少见，有时还会把这种台词表称作‘文字分镜’。”

【**春阎魔**】（P109）漫画投稿人。“拙作《折断的龙骨》（创元推理文库）里有一个角色叫哈尔·恩玛（注：日语发音与‘春阎魔’相似）。”

【**某些故事**】（P264）在某个状况下，奉太郎和千反田对话时忽然想到的。“不是民间传说，而是天岩户的神话故事。”

（注：本章出现的页码对应中文版单行本的页码。）

▼问题一

米泽先生在"古典部"系列里最喜欢的"谜题"是什么？顺便一提，我觉得《心里有数之人》里的"校内广播的真实意图是什么？"这个谜题最吸引。

（wakkun）

▲回答

每一个都很喜欢，所以选不出一个最好的，但感觉《两人距离的概算》里的《这里受理入社申请》和《非常漂亮的店》的表现方式和结局应该写得有点意思。

▼问题二

请恕我说一件羞耻的事，我因在工作时偶尔会想起别的事而感到焦急。米泽老师要从零开始建立小说世界并投入其中执笔写作，您的集中力肯定非常强大。请问要怎么做才能一直专心于眼前的工作呢？

（Taibou）

▲回答

我平常也无法长时间持续地集中精神。如果小说已入佳境，有时可以一天写上八十甚至一百页纸，但这种情况很少见，只能一步一步地推敲，写出那些平淡无奇的部分。

但必须强行集中精神的时候，听说某个叫"JIEGAORI"的东西会非常有效。

▼问题三

我认为男作家所写的小说女主角是那位作家理想中的女性形象。请问千反田小姐是老师理想中的女子吗？如果不是，那"古典部"系列的女角色之中，谁最符合老师的喜好呢？

（Anko）

▲回答

十分抱歉，对我来说，小说的女主角完全不会反映自己的喜好和理想。另外即使以我刚开始写这个系列的年龄来说，"古典部"里的女角色的年纪也实在太小，不足以拿来论述喜好。

《迟来的翅膀》发行时，曾在特设网站上募集过对米泽先生的提问，问题的数量竟然超过四百条。包括未发表过的内容在内，本次将送上米泽先生与读者的热情问答，合计三十条。

▼问题四

“古典部”系列的故事是解开潜藏在日常之中的谜题，如果米泽先生在日常生活中遭遇谜题，会不会像千反田一样兴致勃勃地解读，又或者像奉太郎那样奉行节能主义呢？

（Scent）

▲回答

有时会享受推论的乐趣，猜想“应该是那样吧”“这样也有可能啊”，但不会寻找最重要的证据和排除可能性，所以算好奇心和节能的折中。

▼问题五

《愚者的片尾》里有一个章节标题是“很有料”，我拜读下一集《库特利亚芙卡的排序》的后记时得知和“Agitation”双关。这里表达的意思是什么？

（Katakana）

▲回答

详情没有写出来，但《愚者的片尾》第五章里，某个角色会鼓动（agitate）某个角色。

▼问题六

“古典部”系列让我感觉发现了许多青春的形式。因此我想提个问题——描写那些青春故事的时候，您会加入自己的亲身经历吗？

（蜜柑）

▲回答

加入了“学生时代有过学生会选举”“马拉松大会的赛道长度真长”“中学毕业制作时做过镜框”等体验和经历过的事情。另外，当时的感受和想法并没有反映到小说里面。

▼问题七

日英标题和小说内容同样令人期待，请问《迟来的翅膀》的英文标题定下来了吗？

（Koichan）

▲回答

英文标题是推出文库本的时候请人设计的。目前考虑采用“Last seen bearing”。

▼问题八

我想问担任Mysteries新人奖选拔委员的米泽老师一个问题。您选拔小说时会重视什么方面?

(Toun)

▲回答

首先是看作品写得是否扭曲。检查是否对现实人物和历史缺乏敬意，或者是否侮辱和嘲弄读者。如果只看小说质量，往往会忽略这一面，但获得新人奖就意味着向社会公告这个得奖者能媲美过去的得奖者，会公开得奖者的性格，告诉出版社这个人值得支持，因此要警惕过于不妥的观点。

当然了，只要小说写得优秀，我也会抛弃那些警惕，明知有危险也推荐这个作者。即使作者是一个一切都很不妥，而且缺乏社会性的问题人士，可能早晚会祸从口出引发骚动，但不得不承认他的小说能量惊人……被这种小说征服也是新人奖的一种奥妙之处。过去我预读的时候，就碰到过这类小说。

▼问题九

在最近的短篇里面，奉太郎会经常下厨，请问他擅长什么样的菜式?

(m nico)

▲回答

我认为他没有称得上擅长的菜式。因为他肯定不会花费太多心思，会做的应该都是炒的菜式吧。

▼问题十

请介绍折木名字的由来!

(Uka)

▲回答

折木奉太郎的人物形象完成之后，我一边思考名字要怎么办，一边在街上走的时候，看见神社里的牌子上写着“供奉”二字。于是，我凭印象定下了“供惠”和“奉太郎”两姐弟的名字。

▼问题十一

米泽老师在“古典部”系列里一般会通过折木视角来描写故事，但《库特利亚芙卡的排序》里通过四个成员各自的视角描写的时候，您给四人分配了图标，折木是黑桃，里志是梅花，千反田是红心，摩耶花是方块。我认为这是米泽老师根据自己对故事角色的印象来分配的，请问米泽老师对这四个扑克牌图标分别有什么印象？

（W Cheese Barbie）

▲回答

黑桃是底牌。一般是最强的花色，有时黑桃A是唯一一张会用特别图案的牌。

梅花的原型是棍棒，因此即使不够锋利，它也拥有很多种用途，能感受到泛用性。

红心是能令人联想到神职人员的花色，所以我想象的是理想重于现实，祈祷重于妥协。

方块令人联想起社会。无论痛苦还是肮脏的事情，生存的喜悦都包含其中。

▼问题十二

撰写作品，尤其是心理描写的时候，如果有什么注重点，请介绍一下。

（Pogeshi）

▲回答

不要因为小说的需要而过分使唤登场角色。比如说，当你在为如果角色不这么想，小说就无法成立而烦恼，但他或者她真不会这么想，那就应该在小说那边下功夫避开这样的问题，要注意尽可能不扭曲登场角色的内心。

▼问题十三

老师觉得如果自己没当作家，会从事什么工作呢？

（mtrgt）

▲回答

唔，应该是剧本作家、编剧或者公务员吧。

▼问题十四

奉太郎喜欢爱瑠吗？喜欢对吧？

（Ka-chan）

▲回答

不好说呢……

▼问题十五

我觉得"古典部"系列并没有采用推理作品常有的"福尔摩斯·华生"的形式，而是倾向于采用多侦探方式（类似《黑鳏夫俱乐部》和《毒巧克力命案》），请问其中是有什么意图或者注重点吗？

（苦味碱酸）

▲回答

因为折木不是会独自挑战谜题的名侦探。他的知识和直觉有限，解决谜题需要别人的（大多时候是古典部其他成员的）协助，最重要的是他并不是因为职业方面的动机去解谜，所以每次都必须在自己和他人的关系之中找出"为什么自己要解谜"的意义。

▼问题十六

请讲解一下书架的书的摆放方式和书本的管理方法。米泽老师会把自己写的作品放在工作室内吗？

（仃羊）

▲回答

大致分为文库版、新书版（**注：尺寸类似于中国小三十二开的图书**）和单行本，大致上根据日本十进分类法来摆放……自己写的作品也放在工作室内，因为写到会提到自己作品的文章时，经常需要参考。

▼问题十七

我记得文化祭里有一个社团叫Global Act，这个社团主要是做些什么的呢？

（Moomin）

▲回答

翻译过来是“国际活动社”，所以应该是对国际问题感兴趣的学生所组成的社团吧。或许会举办募捐活动，海外有姐妹学校的话可能还会进行交流活动。

▼问题十八

我感觉“古典部”系列省略了Whydunit（为何犯罪）的要素，奉太郎仿佛把重点摆在“为什么要解开这个谜”。这个系列的重点或者说关键不是寻求引发事件的原因，而是寻求解开事件的原因，请问我想错了吗？

（Bebe Jr）

▲回答

我个人是两者都重视。正因为同时有“犯人为什么要让谜题成为谜题”和“为什么折木奉太郎必须解开这个谜题”这两种问题，推理小说的种类才会如此丰富。另外，我有时也会写《箱内的缺失》那种完全无视动机的Howdunit（如何犯罪）作品。硬要说的话，这种情况比较少。作为一名推理爱好者，会觉得无视动机的Howdunit作品能撩动内心，但我觉得偶尔写写这种作品，就挺不错的了。

▼问题十九

故事舞台在岐阜县，但古典部成员等登场角色说话时并没用方言。在米泽老师的想象里，大家都是用标准语说话的吗？又或者在想象之中会修改成用当地方言说话呢？

（折木的姑妈）

▲回答

首先，小说的舞台始终是架空的“神山市”，并没有明记位于岐阜县，所以没理由使用岐阜的方言。其次，我和学生时代的朋友几乎都没用过方言，所以不觉得用所谓的“标准语”书写会不自然（虽然语调有点古怪……）。对于这个问题，可以说想象的是用标准语说话。

虽然是这样，但有时也会写上“B纸（B1纸）”“放课（下课）”“车校（驾校）”等东海地区的方言。

▼问题二十

千反田措辞恭敬，她在家是怎么称呼铁吾先生和家人的呢？会叫“爸爸”还是“父亲大人”？

（Amaebi）

▲回答

千反田是措辞恭敬，但不会过于恭敬，比如说她不会把平常的用词换成自谦语。根据这一点，我认为叫“爸爸”会比较妥当。

▼问题二十一

一本书出版之前，您合计会重看多少遍？

（Rii）

▲回答

以《迟来的翅膀》为例子，完稿时先看一次，根据具体情况进行修正，再看一次，在杂志的校对工作时看一到两次，在单行本的校对工作时会看两到四次。

▼问题二十二

泽木口学姐今后还有出场的机会吗？

（神山高中问答研究会OB）

▲回答

她是高考生，应该会很忙，但大概还有机会出场。

▼问题二十三

看了“古典部”系列等米泽老师的著作，会在细节上窥探到老师自身的数据库特质，请问您在积累知识方面除了读书之外，还有什么注重点吗？

（冒牌雅士84号）

▲回答

从事这项工作会发现知识渊博的人多的是，所以我始终不觉得自己博学，但我姑且回答一下吧。

无论任何事，亲自观察都会有所发现。之前，有人跟我说“江户时代没有‘士农工商’这个词”，但我在江户东京博物馆见过写着“士农工商”的浮世绘，所以没有的是“士农工商”这个身份制度，词语本身是为人所知的，就没有被迷惑。

另外，虽然俗话说“思而不学则殆”，但最重要的是不要完全相信自己的发现，要通过书本和资料再次研讨。那幅《士农工商》浮世绘是否真的是江户时代印刷的，“士农工商”这个词来源于什么地方……这些问题不看书始终是没办法确定。

▼问题二十四

米泽先生喜欢什么食物？

（Omurice）

▲回答

以前被问到同一个问题时，我下意识回答了“牛蒡和冬瓜”。这不是菜式，是食材吧……

▼问题二十五

奉太郎在文集《冰菓》里详细地写上了关谷的真名和高中时代的事情吗？会用假名或者改编吗？

（Yoshidaa）

▲回答

公开的校内资料里就写着关谷纯的真名，所以没必要故意隐瞒。但考虑到千反田的心情和当时的有关人员（尤其是关谷纯的同学）可能会看，我想他会用假名或者首字母缩写。以书写过去事件来说，这种态度不够彻底，但要求折木有那么重大的责任和决心就太过了吧。

▼问题二十六

请问“日常之谜”是怎么构思的？

（发条鸟）

▲回答

“日常之谜”也是推理作品的一种。我认为对推理作品的理解和积累的推理经验是最重要的基础。然后，再选择写Whodunit（犯人是谁）、Howdunit（如何犯罪）、密室、暗号、倒叙还是叙述技巧……还有一个关键点，就是每天都要高举“接收天线”。先不管散步一小时能否写出一部小说，但一定能发现三四件不可思议的事。

▼问题二十七

奉太郎到了冬天就会穿白色外套吧。我觉得高中生穿白色外套上学是一种很少见的现象，请问设定这件衣物有什么理由吗？

（小雪）

▲回答

所谓的白色是因为折木的词汇量有限，实际上我心目中的色调是介于稍泛黄的米色到浅棕色之间。感觉这种颜色在走夜路时也很显眼，对维护交通安全有帮助。因为我穿过那种衣服，所以也想让折木穿而已，没什么深谋远虑。

▼问题二十八

一言蔽之，“古典部”系列是米泽老师理想中的青春时代吗？

（诺福克神乐）

▲回答

不，我的理想是以社团形式参加全国大会。

▼问题二十九

米泽老师撰写小说时，会写出多大程度的真实感呢？是觉得故事纯属虚构，还是觉得正因为是小说所以才要写实呢？请告诉我您的想法。

（yukiyuu）

▲回答

追求写实的话，就是每天并没有发生什么，就算发生了事件也和自己无关。想原原本本地观察现实，可以直接去观察，没必要看小说。因此我不会追求写实，但为了写好虚构，真实感是必须的。现实即使无视真实感也不会被人说“设定太牵强了”“这是投机主义”，实在令人羡慕。

▼问题三十

“古典部”系列会写到完结吗？

（Kachan）

▲回答

是的，我是这么打算的。

请展示

你的书架！

隆重公开四名古典部成员的书架

俗话说“看看一个人的书架就能了解这个人”……因此，本次米泽先生构思了折木、千反田、福部与伊原四名古典部成员的书架的一部分（三十本书）。或许能发现令人意外的一面？当然还有导览！

（注：书籍信息和书影采用以选中作品作为标题做的版本，优先刊登二〇一七年可购买的商品。）

折木奉太郎的书架

Oreki's Bookshelf

《破狱》吉村昭 新潮文库

《山田风太郎明治小说全集（十一）拉斯普京来了》山田风太郎 筑摩文库

《产灵山秘录》半村良 角川文库

《五瓣之椿》山本周五郎 新潮文库

《八甲田山死之彷徨》新田次郎 新潮文库

《夏季的灾难》篠田节子 角川文库

《无赖船》西村寿行 角川文库

《七胴落》神林长平 早川文库

《（现代社会科学丛书）逃避自由》艾里希·弗罗姆 东京创元社

《天藤真推理小说全集九 大诱拐》天藤真 创元推理文库

《风云将棋谷》角田喜久雄 春阳文库

《语文考试问题必胜法》清水义范 讲谈社文库

《高堡》德蒙·巴格莱 早川文库

《堕落论》坂口安吾 角川文库

《秘太刀马骨》藤泽周平 文春文库

米泽先生的解说

对于折木的描写是他很少会看推理作品，但他又经常在社团室看文库本。他似乎经常看小说，但比起对学生学习知识有用的大作和经典名作，他肯定更偏向于看自己喜欢的作品。因为零花钱的限制，他的书应该大部分都是文库本，而且我觉得有一部分书是姐姐看完给他的。我想把他的书架设计得和我自己的爱好稍微不一样，但这个“稍微”很难把握。

《名叫星期四的男人》 吉尔伯特·基思·切斯特顿 创元推理文库

《华氏451度》（新译版） 雷·布莱德伯利 早川文库

《世界就是这样结束的》 内维尔·舒特 创元SF文库

《西线无战事》 雷马克 新潮文库

《人鱼变生》 山田章博 BIRZ COMICS SPECIAL

Spirit of Wonder 鹤田谦二 KC Deluxe Morning

《别逗了，费曼先生》 理查德·费曼 岩波现代文库

《岂有此理的家伙》 杉浦日向子 筑摩文库

《佛师》 下村富美 小池书院

《夜航》 圣埃克絮佩里 新潮文库

VOL DE NUIT
Antoine de Saint-Exupéry
夜間飛行
サン=テグジュペリ
堀口大學 訳
新潮文庫

《无门关漫步》 西村惠信译注 岩波文库

《皇家战舰『尤利西斯』号》 阿利斯泰尔·麦克林 早川文库

《口袋名言集》 寺山修司 角川文库

《萩原朔太郎诗集》 萩原朔太郎 岩波文库

《交通事故》 二木雄策

千反田爱瑠的书架

Chitanda's Bookshelf

《对译 狄金森诗集——美国诗人选集（三）》艾米莉·狄金森 岩波文库

《草叶集》沃尔特·惠特曼 美篶书房

《海潮声》上田敏 新潮文库

《春天与阿修罗》宫泽贤治 日本图书中心

《天使雕像》柯尼斯伯格 岩波少年文库

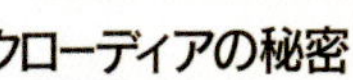

《当天使坠落人间》大卫·阿尔蒙德 创元推理文库

《姆米谷的冬天》新版 杨松 讲谈社文库

Fire & Hemlock 黛安娜·韦恩·琼斯 创元推理文库

《飞翔的教室》埃里希·凯斯特纳 岩波少年文库

《毛毛》米切尔·恩德 岩波少年文库

《最后的独角兽》彼得·S.毕格 早川文库

《弗兰肯斯坦》玛丽·雪莱 新潮文库

《不存在的骑士》伊塔洛·卡尔维诺 白水U Books

《进入盛夏之门》罗伯特·海因莱因 早川文库

《幸福假面》阿加莎·克里斯蒂 早川文库

米泽先生的解说

她不像会不停地看书的人，但看长篇和译文晦涩的作品的话，她肯定完全不觉得辛苦吧。不过，文学全集和经典全集之类的书应该不会放在她自己的书架，而是放在家里的书架上。在这个基础上，千反田依然想放到自己书架上的书，我认为应该是一些她很珍惜的书，又或者是用来理解自己所处环境的书。

《兔之眼》 灰谷健次郎 角川文库

《春昼·春昼后刻》 泉镜花 岩波文库

《清兵卫与葫芦》 志贺直哉 新潮文库

《西方魔女之死》 梨木香步 新潮文库

《小川未明童话集 红蜡烛和美人鱼》 小川未明 新潮文库

《绿野仙踪》 莱曼·弗兰克·鲍姆 岩波少年文库

《十二支考》 南方熊楠 岩波文库

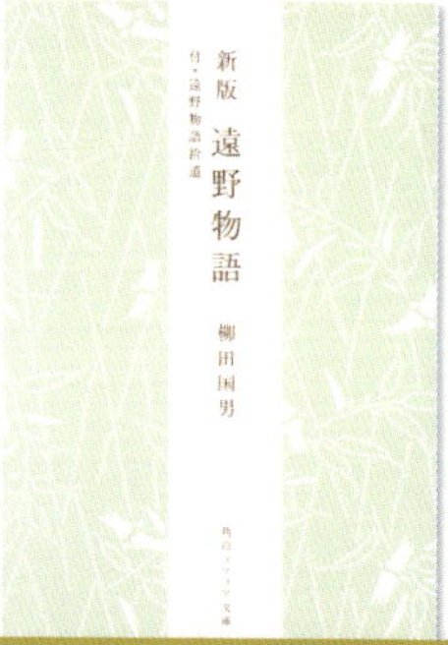

新版《远野物语》 附《远野物语拾遗》 柳田国男 角川*Sophia*文库

《一千零一秒物语》 稻垣足穗 新潮文库

（现代社会科学丛书）《逃避自由》 艾里希·弗罗姆 东京创元社

On Reading and Books 亚瑟·叔本华 岩波文库

《社会认知的历程》 内田义彦 岩波新书

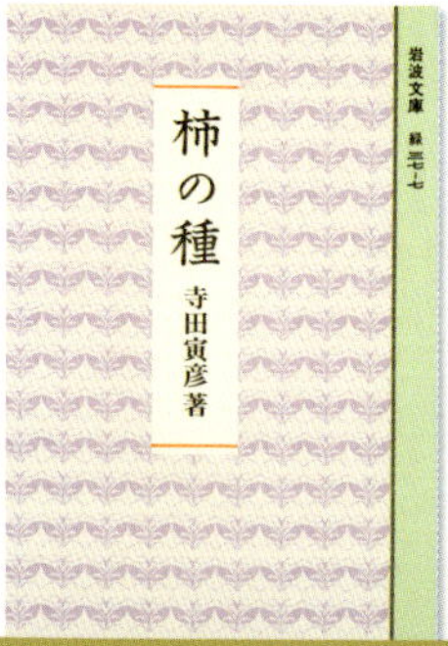

《柿子的种子》 寺田寅彦 岩波文库

《智识的生产技术》 梅棹忠夫 岩波新书

《致歌者的书简》 正冈子规 岩波文库

福部里志的书架

Fukube's Bookshelf

《贝克街的福尔摩斯》
威廉·S.巴林-古尔德　河出文库

Opa!
开高健（文）　高桥昇（摄影）
集英社文库

《脑中魅影》
V.S.拉马钱德兰、S.布莱克斯利
角川文库

《奇想的系谱》
辻惟雄　筑摩学艺文库

《无限论教室》
野矢茂树　讲谈社现代新书

新版《杂兵们的战场》
藤木久志　朝日选书

《你了解希腊神话吗》
阿刀田高　新潮文库

《茶的世界史》
角山荣　中公新书

《疑嫌画像：FBI心理分析官对异常杀人者调查手记》
罗伯特·K.雷斯勒、汤姆·夏希特曼
早川文库

《再来一记慢曲球》
山际淳司　角川文库

《回到正统》
吉尔伯特·基思·切斯特顿　春秋社

《孩子的人生学》
永井均　讲谈社现代新书

新版《麦克斯韦妖从概率走向物理学》
都筑卓司　BLUE BACKS

《中核VS革马》
立花隆　讲谈社文库

《听听尸体怎么说》
上野正彦　文春文库

米泽先生的解说

他的性格是对任何事都感兴趣，我原本以为很简单就能定下来，然而随意列举的话很可能组成一个只有轻浮可言的书架，因此很注重比例。自从察觉到他会看的书应该是能便宜买到也能长期阅读的旧书，而且那些书要能成为通往更深层次的爱好或修养世界的入口，便感觉敲定得比较顺利。在广泛阅读好书的过程中，总有一天他会决定把爱好投向某一个方面吧。

《灵车的诞生》新版 井上章一 朝日选书

《日本武术神妙记》 中里介山 角川索菲亚文库

《名侦探Who's Who》 日影丈吉 中公文库

《令名人落香的男人——升田幸三自传》 升田幸三 中公文库

《21世纪版 墨菲定律》 阿瑟·布洛赫 ASCII

《侏儒的话》 芥川龙之介 文春文库

新版《仙术超攻壳》 士郎正宗 COMIC BORN

《对权威的服从》 斯坦利·米尔格拉姆 河出文库

《圣之青春》 大崎善生 角川文库

《漫画昭和史》 水木茂 讲谈社文库

《福字虎战车》 小林源文 世界文化社

《美女强盗团》 伊藤明弘 Sunday GX Comics

Samurai Nongrata 矢作俊彦、谷口治郎 Free Style

《东一局五十二本场》 阿佐田哲也 角川文库

《福尔摩斯冒险史》 柯南·道尔 角川文库

伊原摩耶花的漫画书架

Ibara's Bookshelf

《有闲俱乐部》 一条由香莉 集英社文库（漫画版）

《第十一人（新编版）》 萩尾望都 小学馆文库

《奔向地球》 竹宫惠子 中公文库漫画版

《七色鹦哥》 手塚治虫 秋田文库

珍藏版《爱心动物医生》 佐佐木伦子 花与梦COMICS SPECIAL

《藤子·F.不二雄（异色短篇集）米诺陶之盘》 藤子·F.不二雄 小学馆文库

《七金刚》 望月三起也 德间COMIC文库

《银色罗曼史》 川原泉 花与梦COMICS

《虫师》珍藏版 漆原友纪 KC Deluxe Afternoon

《潮与虎》 藤田和日郎 少年Sunday Comics

《阴阳师》 冈野玲子 JETS COMICS

《佐藤史生珍藏集 搜神战记》 佐藤史生 复刊.com

《我是真悟》 楳图一雄 小学馆文库

米泽先生的解说

一开始，我还添加了学习用的书本和小说，但在多次研讨的过程中，我决定大胆地精简成漫画。感觉她不会主动缩小范围，比如只看少女漫画和旧作品等，因此我设想她会广泛阅读新旧作品，设计了现在的书架。漫画的本数很多，实际上她的书架应该非常大。

《孔子暗黑传》 诸星大二郎 集英社文库（漫画版）

《香蕉面包布丁》 大岛弓子 白泉社文库

《高桥留美子人鱼系列① 人鱼之森》 高桥留美子 少年Sunday Comics Special

《文车馆来访记》 冬目景 KC Deluxe Afternoon

《石之花》 坂口尚 讲谈社漫画文库

《绝对安全剃刀 高野文子作品集》 高野文子 白泉社

《历史》 水树和佳子 早川COMIC文库

《机动警察》 结城正美 小学馆文库

《SOS大东京探险队／大友克洋短篇集②》 大友克洋 KC Deluxe Young Magazine

《咕噜咕噜魔法阵》新版 卫藤浩幸 Gangan Comics ONLINE

《这些家伙百分百是传说》 冈田亚实 Ribon Mascot Comics

《吉祥天女》 吉田秋生 小学馆文库

《梦径》 大野安之 Newtype 100% Comics

《山岸凉子特别精选集V 天人唐草》 山岸凉子 潮出版社

《沙漠蔷薇 Desert Rose》 新谷薰 MF Comics

《少年荒野》 吉野朔实 集英社文库（漫画版）

新版《寄生兽》 岩明均 KC Deluxe Afternoon

著作
所有著作的单行本和文库本自不用说，这里还摆放着海外版、漫画版以及写过评语或是解说的作品。
通往书库的门
数量庞大的其他藏书摆在旁边的书库！
资料
词典、图鉴、年表等资料。
稍高的榻榻米
配合房间订制的特制品。下方有收纳空间，主要摆放再版的样书。因此，据说米泽先生会尽可能让榻榻米上面保持整洁。

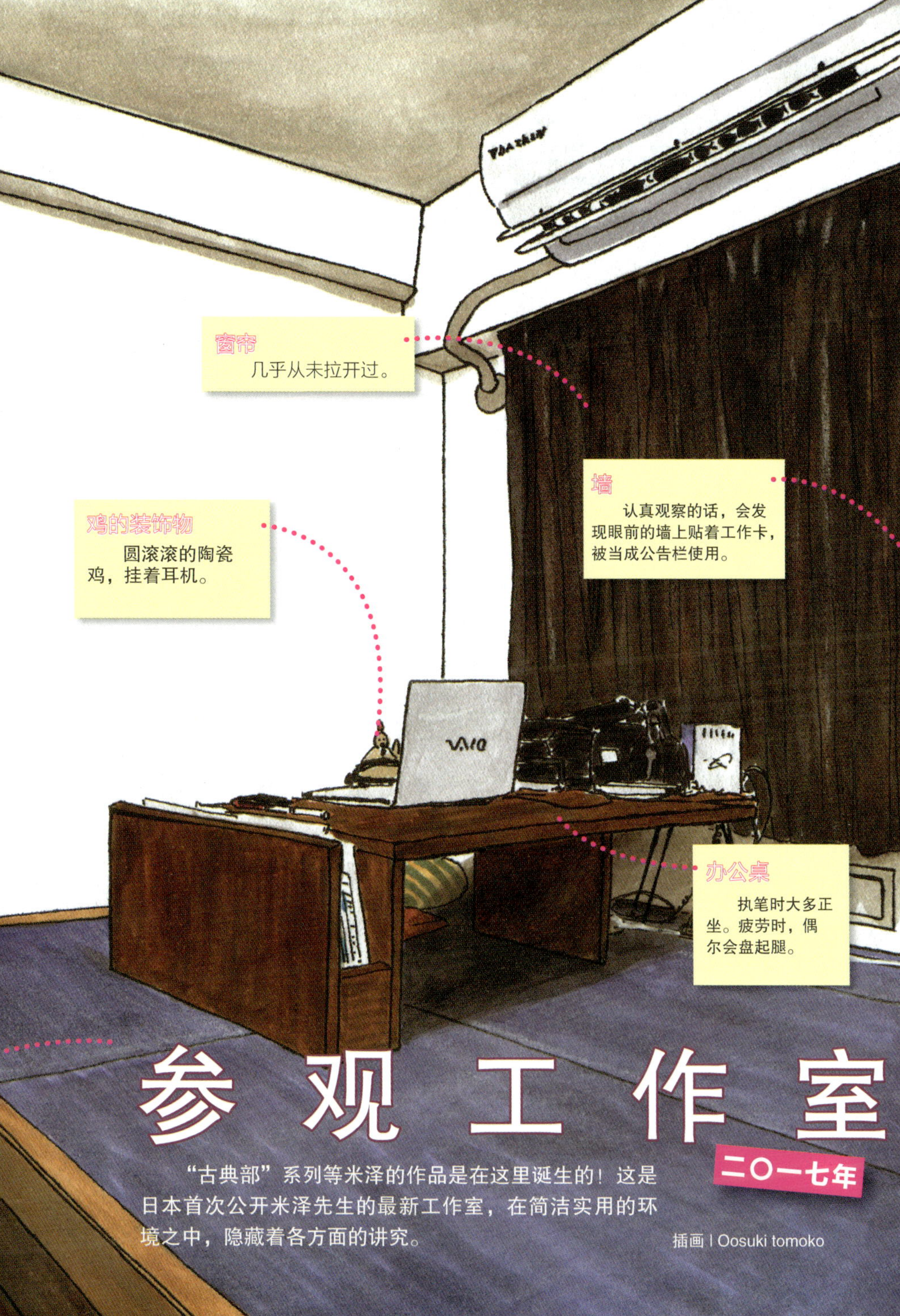

参观工作室

二〇一七年

“古典部”系列等米泽的作品是在这里诞生的！这是日本首次公开米泽先生的最新工作室，在简洁实用的环境之中，隐藏着各方面的讲究。

插画 | Oosuki tomoko

《迟来的翅膀》
发行的贴身报道！

2016年11月30日，翘首以盼的“古典部”系列新作《迟来的翅膀》发行。本作是相隔六年后的系列续作，因此得到了各地支持者的狂热追捧。本次将稍微透露一些发售前后的热潮背后的情况。

摄影·撰文 | 编辑部

2016.11.24(周四)

准备签名书

@KADOKAWA会议室

1 在发售日到来之前，米泽先生光临了位于饭田桥的角川大楼。

在会议室里等待着他的是——**大量的《迟来的翅膀》!**

2 仅仅是眼前这些已经很壮观，但其实数量远不止这么多。**桌子上放不下的书还在平板车上候命……**

3 所有书都先请米泽先生签完名，然后寄到全日本的书店，确保发售日将到时能送到。

因为读者们都在翘首以盼，米泽先生便马上开始了签名。

米泽先生细心地给每一本书签名。

想必许多读者已经发现了，**米泽先生的名字笔画很多！**

4 **在这里盖上章后，签名就完成了。**

图章用的是稻穗图标。

图章的把手内装着墨水而且方便按压……这个“方便编辑”的图章引起了话题。

在签名会等地方，大多会由坐在签名作家旁边的编辑负责盖章。

这是用来尝试的几张纸。

5 米泽先生一边和油性笔的气味战斗，一边一个劲地削平《迟来的翅膀》的小山……**算上中间吃点心的休息时间，把全部书签完大约花了五个小时。**

真的辛苦了！

2016.12.3(周六)

签名会 @纪伊国屋书店新宿总店

① 终于迎来签名会的第一天。新宿阳光明媚，天气很好。

米泽先生在休息室里做好了**万全的准备。**

认真观察他的领带会发现……好多猫!

不知道光临签名会的各位发现了吗?

一眼看过去的话，那好像不是"九尾猫"。

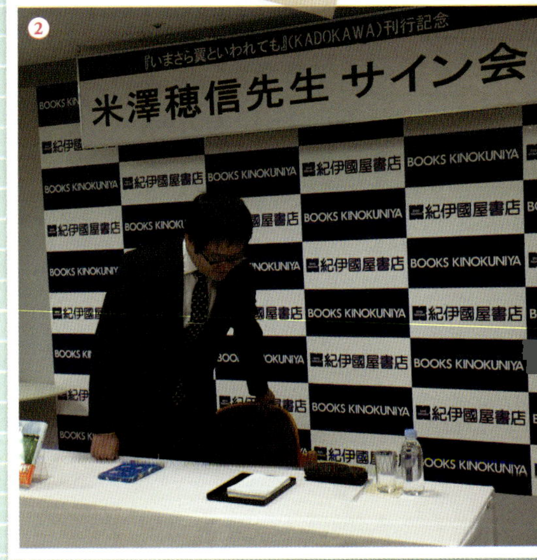

② 签名会开始。大家用热烈的掌声迎接米泽先生。

读者们早已急切地盼望米泽先生和他的新作，**会场被大家的热情给包围了。**

明明现在是十二月，却觉得好热!

③ 另外，这一天实现了某个创举……**签名会的一百二十位客人竟然全部到齐!**

无论是米泽先生、在场的书店店员，还是编辑等人都是第一次遇到这种情况。

感谢各位的参加!

2016.12.4（周日）

签名会　@淳久堂书店池袋总店

1 第二天也在东京举办签名会。

米泽先生今天的衣服搭配是……

“今天的服装是米泽‘我觉得认为不离开公办学校就写不出小说的家伙是猪，但跟离开了公办学校的人说写不出小说也没有意义’穗信的风格（大概）。”（出自米泽先生的推特）

原，原来如此……

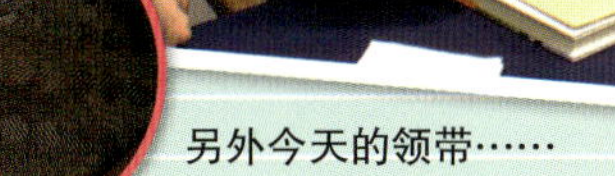

另外今天的领带……

暗藏着心形图案。好可爱！

签名会顺利进行。

各位读者都有着自己的感想，还有很多人表示“说不完感想”于是准备了书信。

非常感谢各位！

2 但编辑部并没有让米泽先生回去……后来，还请米泽先生转移到三省堂书店、池袋总店和三省堂书店神保町总店，继续制作签名书、手制海报和色纸。

3 在东京签名会结束后，**他们去了泰国餐厅，办了一个小庆功宴。**宴会上的主要话题是本书收录的**“四名古典部成员的书架”**的选书问题。

编辑一行人拿着米泽先生构思的初版设定，热情地表示“想加入这部作品”“那部作品应该也能加入”。于是米泽先生表示“这样的话，那部作品……”，就这样打开了新的大门，这一夜大家畅谈了关于书本的话题。

2016.12.10（周六）

签名会 @纪伊国屋书店GRAND FRONT大阪店

1 最后一个签名会在大阪举办。

会场的墙上设置了手工装饰品。右边的小物件也全部和《迟来的翅膀》所收录的作品有关。真是一丝不苟！

2 参加者从关西的各个地区聚集于此地，其中甚至有人来自爱知。

米泽先生一边签名，一边认真留意各个要点，然后提醒大家。

经过大约两个半小时的时间，签名会结束。非常感谢各位的参加。

3 **果然……还没有结束。**

一行人转移到纪伊国屋书店梅田总店、淳久堂书店大阪总店这两间书店，请米泽先生给《迟来的翅膀》以外的作品签了名。

4 **晚饭吃“关西煮”。**

然而，在这个时候发生了某个事件……本应准备了一人一份的萝卜少了一份。

米泽先生的推理因此大发神威……总编供认自己之前吃了两份。

米泽穗信的创作方式

『你会用什么来证明自己的正当性？』
——艾萨克·阿西莫夫《黑鳏夫俱乐部》

作家米泽穗信是如何诞生的呢？
请勿错过散布在历程之中的提示。

米泽穗信的里程碑……《小说 野性时代》二〇一三年十一月号刊载
演讲录 故事之源……《文艺角川》(文芸カドカワ) 二〇一六年四月号刊载

米泽穗信的创作方式

米泽穗信的里程碑

YONEZAWA HONOBU MILESTONE

设计构图 | 泷井朝世

米泽先生从小就接触到创作，创作出了故事。

本次将邀请这位稀有的故事叙述者亲身讲述自己是如何成长和变成这样的。

小学时代

一九八八年（十岁）

小学四年级之前，我会在妹妹睡不着的夜晚给她读童话。我现在还记得的是一个主人公在大草原上旅行，有巨人和风车出现的故事。巨人应该是受了《杰克与魔豆》的影响，风车是受了《堂吉诃德》的影响。

一九八九年（十一岁）

经常看青少年读物。我看了班级文库里威尔斯的**《星际战争》**，“雷震子号”沉没让我很伤心，于是自己写了一个“其实‘雷震子号’没事……”的短篇。那是我第一次写故事。

除了《星际战争》之外，我还很喜欢看《十五少年漂流记》《八十天环游地球》《三国演义》和《西游记》等作品。我在表兄弟的家里看过爱伦坡写的面向儿童的短篇集，没能完全理解，但记住了。

《星际战争》
赫伯特·乔治·威尔斯（角川文库）

描写火星人侵略地球的经典SF作品。对于从小就害怕“生前葬礼”的米泽先生来说，躲在昏暗洞穴避开外星人的场面可谓是心理阴影。

中学时代

一九九二年（十四岁）

我在书店看见绫辻行人的**《十角馆事件》**便不禁买了下来，看完之后发现“原来小说还有这种乐趣啊”而受到了冲击，开始看“馆”系列。记得我很喜欢由辰巳四郎先生装帧的小说版，当时努力想集齐。

初中时代，我看了**《悬崖上的谋杀》**《说不完的故事》和《献给阿尔吉侬的花束》，高中时看了金的**《长路漫漫》**等作品。当时，我还没意识到推理这个概念。

当时，流行桌上角色扮演游戏（不是用电脑，而是用纸和骰子的对话型桌上游戏），我很喜欢写游戏剧本。忘了是从初中二年级还是三年级起，我开始写警察相关的动作故事，描写一个当了警官的退役士兵和当了恐怖分子主谋的旧战友对峙。可能是受《飞狼》《霹雳游侠》、望月三起也的漫画《七金刚》的影响吧。高中三年级写完的时候，我感受到自己将来即使当不了作家，也会继续写故事吧。

《十角馆事件》
绫辻行人（讲谈社文库）
推理小说研究会的学生们在一栋建在无人孤岛上的十边形公馆里过夜，他们被一个接一个地杀掉……作者的出道作品，同时还是引发新本格推理热潮的名作。

《悬崖上的谋杀》
阿加莎·克里斯蒂（早川文库）
摔死的男人留下的遗言有什么含义？埃文斯的全名为埃文斯·克拉维斯。在《愚者的片尾》中登场的江波仓子的名字就来自于此。

《长路漫漫》
斯蒂芬·金（扶桑社推理文库）
描写了一种恐怖的比赛，要以固定速度一直步行，一小时内减速三次就会被射杀。据说作品实在太可怕，米泽先生不敢买回家。

大学时代

一九九六年（十八岁）

开始上网，上传自己创作的超短篇。我在网上和同好聚在一起交换信息，增强了推理方面的知识。大学一二年级时，我还写过青春小说。

一九九七年（十九岁）

“书物王国”系列的精选集《**架空城镇**》(《架空の町》) 令我印象非常深刻。我认识了加纳朋子、仓知淳、若竹七海等“日常之谜”类的作家。然后，得知这个分类的先驱是北村薰，于是看了《**空中飞马**》，被震撼了。

一九九八年（二十岁）

大学三年级开始写推理作品，类型是“日常之谜”。所用第一人称的文风可能是受了樋口有介的影响。我看了《**我和我们的夏天**》(《ぼくと、ぼくらの夏》)、《风少女》(《風少女》) 以及《夏天的口红》(《夏の口紅》) 等作品。而我也是在那个时候，迷上了泡坂妻夫、连城三纪彦、辻真先、天藤真。

《架空城镇》
切斯特顿等（国书刊行会）
按主题分类的精选集“书物王国”系列第一集。除了西条八十翻译的邓萨尼的《伦敦的故事》，还收录了米肖、爱伦坡、洛夫克拉夫特和稻垣足穗等作家的短篇。

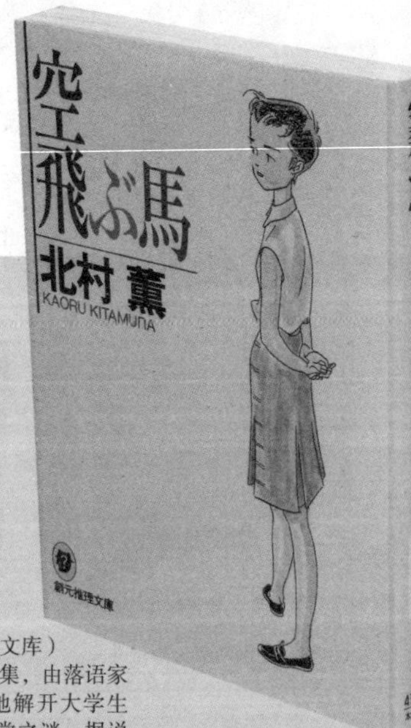

《空中飞马》
北村薰（创元推理文库）
人气系列第一集，由落语家春樱亭圆紫明快地解开大学生“我”所遭遇的日常之谜。据说第四集的长篇《六之宫公主》也令米泽先生深受感动。

一九九九年（二十一岁）

写毕业论文的同时，写了《冰菓》的雏形作品。当时我打算报名参加另一个大赛，但打印机的墨粉用完，无法打印，来不及报名。于是，报名参加了两个星期后截止的角川学园小说大奖赛“青少年推理和恐怖部门”。

岐阜时代

二〇〇〇-二〇〇三年（二十二-二十五岁）

大学毕业后，我打算一边在书店工作，一边继续投稿，在二〇〇〇年收到联络，得知《冰菓》获奖。于是，我在二〇〇一年十月发行了该作品并出道。这个时期，我一边工作，一边执笔下一部作品《愚者的片尾》，于二〇〇二年七月发行。之后，我考虑到将来的事，为了报考公务员而开始了复习。不过后来收到多家出版社的执笔委托，我想我或许能继续当作家。最后，我便在书店工作了两年。

YONEZAWA
HONOBU
MILESTONE

《我和我们的夏天》
樋口有介（文春文库）

青春推理作品，描写一个高中二年级的少年和朋友一起查探同年级少女的死亡真相。作者的出道作品，曾获三得利推理大奖读者奖。

东京时代

二〇〇四年（二十六岁）

二月发行了《**再见，妖精**》。毕业论文的主题是南斯拉夫，因此我打算将它写成某种形式的小说。因为作品大受欢迎而加印，《冰菓》的责任编辑委托我“写一部面向《冰菓》读者的作品”，于是我写了《春季限定草莓挞事件》，于十二月发行。如果说“古典部”系列的开端在于北村薰和樋口有介，“小市民”系列的开端就是安东尼·伯克莱。我没有正面写侦探内容，而是改变角度诙谐地进行描写。这时候，我搬到了东京。

二〇〇五年（二十七岁）

六月发行了《库特利亚芙卡的排序》。在七月发行的《寻狗事务所》中，我尝试把民众史和推理作品融合在一起。因为书名《寻狗事务所》很有趣，所以推出文库本时，还加上了英文副标题*The Citadel Of The Weak*（《弱者的城堡》），象征了作品的内容。

《再见，妖精》
米泽穗信（东京创元社）
描写了地区城市的四名高中生和来自南斯拉夫的少女的交流。原本作为“古典部”系列的一部作品，后来进行了全面修改，以单行本的形式发行。

《远洋上的女孩》
苏佩维埃尔（美篶书房）
一八八四年出生于乌拉圭的法国诗人所撰写的短篇集。作品风格令人感受到幻想和SF类的要素。据说米泽先生是受到朋友推荐而购买的。

二〇〇六年（二十八岁）

决定让《春季限定草莓挞事件》成为系列作，在四月发行了《夏季限定热带水果芭菲事件》。八月发行由学生时代写的青春小说改编的《瓶颈》。我本来想写一个如用尖锐刀具切割一般的故事，最后却写成了如用钝器不停敲打的故事。这个时期，我看了苏佩维埃尔（Jules Supervielle）的《**远洋上的女孩**》（*L'enfant de la haute mer*），为作品的趣味性而惊讶，读书的爱好稍稍发生了改变。

二〇〇七年（二十九岁）

八月发行《**算计**》。我抱着为沉迷新本格推理的学生时代做个总结的心态，给作品塞满了新本格推理的常见题材。十月发行《绕远路的雏人偶》，这个时期我还看了《**山田风太郎推理杰作选集**》（《山田風太郎ミステリー傑作選》）而深受感动。

二〇〇八年（三十岁）

十一月发行短篇集《**羔羊的盛宴**》。以这部作品为契机，我看待推理作品的方式发生了些许变化。该作品的出发点是写黑色幽默，但除了解谜要素，我还想像泡坂妻夫、连城三纪彦和山田风太郎那样把小说写得多姿多彩。短篇的舞台都是大宅或公馆，有着复古的氛围，这是受了横沟和乱步的影响。写《玉野五十铃的名誉》时，我在老家找出了以前看过的《久生十兰全集》（《久生十蘭の全集》）。

《算计》
米泽穗信（文春文库）
一群人因为难以置信的兼职薪水而聚集在一栋二十四小时被监视的奇妙公馆里，被迫进行杀人游戏。这是挑战“尝试投入”本格推理而创作的作品。

《山田风太郎推理杰作选集》
山田风太郎（光文社文库）
总共十本的推理作品集，分为“本格篇”“名侦探篇”等类别。据说第四本《棺中悦乐（凄怆篇）》所收录的《新辉夜姬》的“描写非常可怕”。

《羔羊的盛宴》
米泽穗信（新潮文库）
收录了复古风的五篇作品。每一篇都在最后一行撼动作品的世界观，通过被称为“巴别会”的读书俱乐部松散地联系起各个故事。

二〇〇九年（三十一岁）

三月发行《**秋季限定栗金饨事件**》。"小市民"系列重视推理的风格，使用了"失去的环"的套路。另外，和"日常之谜""古典部"系列不同，"小市民"系列有一个隐藏主题是事件的罪状会越来越重，因此本次描写的是连续纵火。"冬季"故事的大纲在撰写《夏季限定热带水果芭菲事件》时已经完成，打算使用和约瑟芬·铁伊的《时间的女儿》一样的主题。具体的内容还需要保密。

八月发行《**追想五断章**》。我以前就很喜欢寻找遗失文章的设定，到目前为止，我在《冰菓》和《库特利亚芙卡的排序》中改了一下形式，写过类似的内容。但本作的出发点是写谜语故事，而且我原本就喜欢构思没有结局的故事和既有小说的后续发展。在作品中，有一个名为叶黑白的角色，其所写的谜语故事的舞台都定在外国，这完全是受了久生十兰的影响。当时写得非常开心，甚至想写一本《叶黑白短篇集》(《叶黑白短篇集》)。

二〇一〇年（三十二岁）

六月发行《两人距离的概算》。十一月发行《**折断的龙骨**》，这部作品的原型是出道前写的古典奇幻作品，源于迈克尔·穆考克。之后，我读了艾利斯·彼得斯的"卡德法尔神父"系列等历史推理作品，在重写本作时把舞台改成了十二世纪的英格兰。小时候的喜好经过悠长岁月的培养而得出的这部作品，获得了日本推理作家协会奖，让我认识到自己的前进方向并没有错。

《追想五断章》
米泽穗信（集英社文库）
一名寄居在旧书店的青年接受委托，寻找五个谜语故事。在调查过程中，他逐渐查出了二十二年前安特卫普的枪声事件的真相。

《秋季限定栗金饨事件》
米泽穗信（创元推理文库）
"小市民"系列第三集。常悟朗和小佐内解除了互助互惠关系，开始各自和别的异性交往。这时候，市内连续发生了纵火案……

二〇一三年（三十五岁）

一月发行《**轮回**》(《リカーシブル》)。我之前就想挑战卡尔的《燃烧的法庭》那种有大规模机关的推理作品。这部作品和《寻狗事务所》一样，是由对民众史的兴趣所催生的，尤其是铁道避忌传说（拒绝铺设铁路的城镇会荒废，但各地会流传着与事实相反的版本）给了我很大的提示。玉名姬传说当然是虚构的，但原型来自佛教。这部作品有一瞬间让我觉得很好地表达了自己的想法，这是一种幸福的体验。

YONEZAWA
HONOBU
MILESTONE

《折断的龙骨》
米泽穗信（创元推理文库）

舞台是十二世纪北海上的所罗门群岛。领主被某个使用魔法的人暗杀，其女儿阿米娜和流浪骑士法鲁克一起进行调查。日本推理作家协会奖得奖作品。

《轮回》
米泽穗信（新潮社）

父亲失踪，遥和没有血缘关系的母亲与弟弟一起搬到母亲的故乡。正当弟弟的奇妙言行让她感到困惑时，她得知了当地的不可思议传说。

2016年1月10日，在岐阜市举办了二百五十个观众席全坐满的演讲会。讲师根据演讲的草稿亲自撰写了演讲录，本次将完全收录这份资料。演讲将再次探究“人为什么需要故事”的相关问题。

1

我叫米泽穗信，是一个写推理小说的作家。今天请各位多多指教。

在培育我成长的家里，书架上填满了故事类的书。我以前在别的地方提过“阿加莎·克里斯蒂的《悬崖上的谋杀》是我看过的第一部推理作品”，不过家里的书架不仅放了小说，还有很多漫画，包括手塚治虫的作品从《火鸟》到*Dust 8*(《ダスト８》)，还有竹宫惠子和萩尾望都。我喜欢的漫画家是望月三起也。另外，从我懂事时开始，书架上藤子不二雄的作品逐渐增多。小说方面，我还在书架上拿过威廉·L.德安德烈（William L.Deandrea）的《名为“Hog”的杀手》(*The Hog Murders*）和哈利·克瑞辛（Harry Kressing）的《厨师》(*The Cook*）等作品来看，这些作品都令我难以忘怀。

家人还经常带我去看儿童戏剧。关于特殊的经历方面，我还在寺院正堂听过故事，那应该算独角戏。现在回想起来，题材是宫本辉的《泥河》，故事晦涩，我当时听不太懂，但叙述者营造的那种强大的压迫力让我现在都记得很清楚。

所以说，故事一直都在我身边。小学时，我去上学要走很长时间，路上会很无聊，所以后来会一边走，一边构思故事。到了初中，我开始以小说形式输出那些故事。升上高中之后，我便隐约预感自己迟早会以某种形式创作故事为生。

大学时期，网络正好逐渐普及，我开始把自己写的作品上传到网站。写小说的地方从笔记本变成了网络，但我并没有觉得不习惯。无论是用笔在纸上写、雕版印刷、排版订书还是以FTP(注:一个服务器系统）的形式上传，小说就是小说，故事就是故事。我认为即使表现方式会因工具而产生变化，自己要做的事情也不会有多大改变。

大学毕业之后，我一边写小说，一边在书店工作。在那里，我对比了自己一直以来的经历，感到很意外。

故事类的书卖不出去。至少据我所见，明明卖场的面积被小说和漫画占据了三成，但平均十个顾客也不会有一个人来买。我并不是觉得推理迷和历史小说读者会络绎不绝地光顾，但这个结果实在超乎想象，不对，应该说低于想象吧，给我造成了很大冲击。请允许我顺便说一句以供各位参考——如果问什么书好卖，那就是杂志、实用书籍和学习参考书。

也许只是我工作的书店是那样子。但因为这段经历，我忽然留意到身边的情况。我从小就被故事围绕，我的朋友多少也会喜爱故事。可是这世上，或许也有不需要故事的人？某些人究竟有没有自主地去看过创作物？

在那之前，我毫不怀疑地认为故事对人生来说，夸张一点儿的话，是对一个文明来说，都是一个重要的要素。然而，或许总有一天，故事的意义会受到质疑。当时，我产生了这个想法。

2

艾萨克·阿西莫夫有一个系列故事叫《黑鳏夫俱乐部》。那是作为SF作家的阿西莫夫撰写的推理短篇集，这部作品可谓绝妙地放松了力气。它会讨论一些十分无谓的事情，得出一些非常没有意义的结论，但我很喜欢这种乏力感，不时会重看。

小说的舞台"黑鳏夫俱乐部"是一个以聚餐为目的的集会，每次都会吃美食。这个集会的惯例是会邀请嘉宾，这个嘉宾一开始会被问"你会用什么来证明自己工作的正当性"。我觉得这个问题很有意思。用日语很难问出这种问题。因此，拙作《十米真相》的主人公遇到同一个问题时，也采用了英语对话的场面。

这次，我把这个问题也带过来了——作家会用什么来证明自己工作的正当性呢？

问得这么突然，会觉得生硬，不过就让我们再深入探究一下吧。

据说落语家桂米朝过去曾听师傅这么说过："艺人连一粒米、一根钉子都做不出来”“早已做好了下场悲惨的思想准备”。当然了，这是名人对弟子的教诲，只引用表面意思来批判事物并不妥当，但是这句话的确震撼人心。

为了用上这句话，这次我会假设有一个人名为太郎。

太郎不会看小说。过去上语文课时，他为了学习而看过教科书，但高中毕业之后已经没机会再看书了。

有漫画的话，他会看，没有也无所谓。电影、电视剧和戏剧都不会看。音乐方面，公司并不是没有机会一起去卡拉OK，所以他平均两年能记住一首流行歌。他经常看信息杂志、科学杂志和纪实故事，所以挺博学。他工作勤奋，虽然是我的旧友，但他觉得我的工作没有建设性，而且难以理解，说得更过分一点儿就是随意摆弄一个故事来赚钱的奇怪工作。不，他可不是坏人。如果我遇到麻烦，他会给予我许多帮助，是一个好人。

这位太郎，嗯，就假设他在酒席上，把大概一直以来都存在的想法说出来了吧。他说：“你连一粒米、一根钉子也做不出来啊。所谓的小说归根结底就是生编硬造的吧，顶多也就只能用来消磨时间。写这种东西究竟有什么用啊？”

我大概会先纠正他的误解吧。

小说，不对，更广泛地说是故事，说它没有用是一个天大的误解。

3

举个例子，古希腊创作的伊索童话必然包含着某些教训。忽略《蚂蚁与蚱蜢》《龟兔赛跑》《北风和太阳》以及《狐狸和葡萄》等故事的教育色彩，或者否认故事的教育意义都是不可能的。这可是故事提升人性涵养的经典例子。

日本中世纪时（注：约指日本的镰仓时代和室町时代）出现了许多佛教传说，用故事来传播佛教的世界观和伦理观。可以说，这也是故事作为工具发挥效用的一个例子。

来到近代，故事的重要性变得非常巨大。格林童话不仅归纳了一些故事，还肩负起浪漫主义的左膀右臂，表明了德国这个年轻国家是一个怎样的国家，促进了国民和国家的形成。先不考虑童话中的许多故事是否真的是德国自古流传的故事，又或者正如埃里克·霍布斯鲍姆所言，那是创作出来的传统，但它可以说是故事产生作用的经典且最有名的例子。

再者，只要冷静观察四周，就会发现我们被无数的广告语甚至是其中产生的故事围绕着。许多广告语换个说法就是“标题名”，可以说从中联想出的故事才是向人们诉求的主体。比如说，我小时候见过一个广告说“你能战斗二十四小时吗”。这一句话包含了一个废寝忘食地努力工作才能获得荣耀的故事，顺便还表达了喝了这瓶营养饮品才能抓住那份荣耀。正因为叙述了故事，广告语才能为时代代言。

故事就是这样引导和鼓舞人们的。毕竟人类的人生只有一次，想了解“这么活的话，自己就会变成这样”的案例是很正常的。极端一点儿的话，说我们遵循着“这样生活就会得到幸福”或者“这样生活就不会幸福”的故事来生活也毫不为过……

当我这么诉说的时候，太郎肯定会笑得越来越得意，我的说话声会越来越小。然后，太郎肯定会看准我说完的时机如此说道：“原来如此，也就是说，你是为了阐述教训，启蒙读者，又或者营造一种社会原动力，才写小说的啊。那确实很有用。我明白了，你的工作很出色啊。”那么我会不得不稍稍把头扭到一边，支支吾吾地辩解：“不，这是一般看法，不是说我的小说就是那样的……”

故事“有时”会有用，这是一件非常好的事，但对作家来说，认为“因为”故事有用才去创作，等同于自掘坟墓。这等于主张看似没用，也没有什么教训的故事毫无存在的意义。我不希望人们认为平淡无奇的可爱故事和令人有点难以忘怀的无聊故事，因为派不上用场而显得很多余。

再说，我可不记得曾给自己的小说添加了什么教训。如果真的有，那顶多就是自省，而且我从来没想过自省能帮上别人。

以前任天堂的电视游戏在美国受到强烈抨击时，任天堂曾经主张“不对，游戏能锻炼手和眼睛的协调，所以这是有用的”。这当然是不可能的。想必也没有人会因为想锻炼手和眼睛的协调而玩电视游戏。很明显，与其说任天堂真的这么认为，不如说是为了避免抨击而想出来的借口。

故事“有用”“有益”之类的说法也不过是一种借口，而且感觉并不高明。

4

事实上，故事来自非常深层的地方。

那是在一种原始的黑暗之地涌现的。这个黑暗之地可以说正是故事的家乡。我并不是要说什么深奥的道理或者超自然的话题。我的意思是故事随处可见，而且会因为一些小事自动出现，或者应该说是意外地出现。

这时，就先回答太郎：“不，与其纠结故事有没有用，不如说它是自然形成的”。这么一来，太郎肯定很怀疑，故事的诞生真的这么简单？因此，为了证明即使契机微不足道也足以产生故事，现在我打算玩一个游戏。

这里有五个人。（参照图一）

我立志当小说家，从未想过要当漫画家，现在看见自己画的画，真的打从心底觉得还好我没憧憬那一行。

那么，光是这样的话，这只是画画水平都不行的五个人。接下来，让我们加上这样的东西吧。（参照图二）

图一 均等的五人

图二 左端出现了故事

怎样呢，是不是能看出些什么？

这个拿着斜线的人，是站在队伍前面还是后面，又或者只是凑巧站在边角上？

假设他们是去救溺水小孩会是怎样的呢？他们的动作迅速，还带来了长棍，让溺水的小孩能抓住，情况紧急的时候还可以查看水的深度。

假设这个人排在最后……嗯，这斜线可能是一杆枪。他一边威胁四个俘虏，一边带他们去某个地方。

如果那是枪，或许情况可以再和平一些。那里是标枪竞赛赛场。剩余四人可能是等候出场的选手，也可能是屏息静气守望选手的有关人员，或许等一下他们就会举起手鼓掌。

然后，再添加一些要素看看吧。（参照图三）

情景的变化很大。

刚才的故事焦点是那个唯一拿着斜线的人。但这次的故事的焦点是只有一个人没拿着斜线这一点。各位不这么认为吗？

右边两人和左边两人可能是对立的。正中的他或者她，可能在给四人调停。这么一想，这个人看上去好像摊开了双手。

又或者，两边这四个人可能是想逮住正中这个人。四个人去抓一个人，有点夸张。如果把那个人看成政治重犯，还会给人一种反乌托邦的感觉。又或者可能只是因为正中那个人非常棘手，或许力量强大，不知道那个人会做些什么，因此给人一种“就算是你，被这样包围也逃不掉了”的感觉。

那么，再修改一下看看吧。（参照图四）

这么一来，情景就清晰了许多，是国王和士兵……以防万一，我先说

图三 焦点转移至中央

图四 充足的信息量

一句，这个锯齿状物体是王冠。

那么，诸如此类，只需要给一个均等的群体添加些许差异，就足以形成故事。要举一个实际例子的话，《星球大战:原力觉醒》的开头就鲜明地使用了这个原理。详情我不能说，但看过电影的人应该能想到那个部分吧。

以电影举例的话，约翰·班德汉姆导演的《霹雳五号》里有一个遭到雷击而产生了自我意识的机器人。雷电最适合用作让机械产生自我意识的契机。这大概是因为雷不仅仅是一种单纯的自然现象，还令人感到有某种神圣感。这个先不谈，回到这部电影，里面有一个场面，技术人员把汤泼到纸上然后对折这张纸，问机器人汤迹看上去像什么。机器人首先分析了成分，有木浆、水、盐、味精这些东西。紧接着，机器人还说了“像某些东西，像蝴蝶，也像鸟……还像枫叶”。

技术人员听了回答，便相信这个机器人产生了意识。懂得想象是因为拥有意识，这个理论很有说服力。

那么，为什么人类懂得创作故事呢？为什么“故事”会自动涌现呢？

当人类还生活在原野上时，便会想象山丘另一边有些什么，这是一件性命攸关的大事。思考拐角另一边地上的影子是什么，会不会有什么致命的东西在黑暗之中守株待兔……我曾经听说想象力的源泉就在于此。然而，如果这个说法正确，应该就不仅仅是人类会想象故事了。为了生存而驾驭情报并不是人类的特权，狐狸和狼或许也做着自己的梦。这样的想法很有意思，但无论如何都只是假说。

而且对我来说，“人类为什么懂得创作故事”这个问题并不是很重要，只要知道故事不知为何会冒出来就足够了。

5

虽然太郎是一个好人，但嘴上不饶人，所以他可能会这么说——“原来如此，你是想说在讨论故事有没有用之前，它早就存在了。那我姑且就接受询问故事有什么用的问题并不妥的看法吧。但既然故事是这么原始的东西，而且会自动冒出来，那这根本不能当成工作啊。只要上上网，不可思议的经历不就多得堆积成山了吗？”

太郎真让人失望。

就算碳随处可见，也不意味着钻石随处可见。故事的开端确实很原始，还会自然涌现，但没有一个故事可以直接用到作品里。把故事整理成形，制作成文章或影像从头叙述到最后，就必须经过人们的工作去加工。

以我自己来举例，虽然我不能保证自己能做到怎样的水平，但我自许做出了一点儿专业的成果。为了让各位参考要怎么把最初的构思写成小说，接下来我会稍微介绍一下我的工作方式。

我认为创作推理作品的必须要素有三种。

第一种是故事本身。故事简单也没关系，即使是通过刚才那幅五人画创作出来的故事，也足以作为开端。

不，更准确来说，是必须简单。“我接下来打算写的作品，讲述的是怎样一个故事”，如果自己没办法用一两句话介绍完，就不得不长篇大论，论述“假设A会B，C会D，然后E会F……”，这样的话就说明自己还没构思好故事。

第二种，我们写的是推理作品，所以需要谜题。不知应不应该这样说，但这个步骤其实会花费不少时间。在悠长的历史之中，人们创造了Whodunit（犯人是谁）、Whydunit（为何犯罪）、破解不在场证明、密室、多重解决等许多表现推理谜题的方法，可以用来辅助思考。但是，这当然不是万能的，过于依赖这些词语就会作茧自缚。本次的主题不是怎样创造谜题，所以我只会简单地建议各位要在日常生活中多多留意身边事物。

让故事和谜题有机地结合在一起，推理小说的骨架暂且算是完成了。可以的话，最好在谜题解开的一瞬间迎来故事的最高潮。两者的联系必须密不可分。当这个故事可以看成密室，也可以看成破解不在场证明的时候，我觉得作者可以认为故事的推理部分仍需推敲。另外，有意思的是，其实我们没有必要把所有范例都完美地构思好。因为只突出谜题而显得有趣的作品，或是以故事为主、谜题为辅的作品都有很多令人喜欢的例子。

那么，三种要素的最后一种是舞台，那是在何时何地发生的故事？完成这一步之后，骨架就有了血肉。刚才我提过故事和谜题的联系应该密不可分，另一方面，舞台却有互换性。故事舞台可以放在现代日本，也可以放在中世纪英格兰，无论选哪一个，作品大致上都能成立。

以拙作《冰菓》为开端的“古典部”系列的故事舞台原型是飞驒高山。然后，以《春季限定草莓挞事件》为开端的“小市民”系列的故事舞台原型是岐阜市。“小市民”系列故事舞台的名字叫“木良市”，这个名字并非来自吉良上野介，而是来自流过岐阜市的大河木曾川和长良川……浓尾平野还有另一条河——揖斐川，但是城镇的名字没有用河名来命名。这个先不谈，而我选择高山市和岐阜市作为舞台并没有什么必然性。单纯只是自己熟悉这些地方，没有非那里不可的理由。

但也不能因为故事放在哪里都能成立，就随意决定。正因为无论放哪里都能成立，所以才应该慎重思考设定，使故事舞台可以助自己一臂之力。

拙作《满愿》收录的短篇《守关人》，当时写的时候觉得非常棘手。其实那个短篇原本想象的是一个男人一直守护着废寺里的无缘佛。这并没有什么不好，但机关和故事总是无法融合在一起。我感觉这样不行，便决定暂且把这个短篇束之高阁。

之后，我通过杂志*CREA*的企划，去了伊豆修善寺取材。这次活动原本主要是为了拜访横沟正史《女王蜂》的故事舞台，但当我离开旅馆的时候，发现了一个奇怪的道祖神。我可以现场画出来，介绍一下它哪里奇怪……但各位刚才已经见识过我的画功，所以我想你们还是回家搜索图片会更容易理解。

我当时心想“就是这个”。伊豆的山道和奇特的道祖神，而且我的脑海中还把足利茶茶丸的传说也联系到一起了。我觉得这样可以，之后便在一个星期内成功写出了《守关人》。我觉得这就是故事舞台促进了小说的好例子。

另外，即使一开始选择故事舞台时没有必然性，只要重视它，总有一天它会协助写作。我刚才说过，“古典部”系列的故事舞台原型选择飞驒高山并没有太深的意义。但如今我已经写出了《恭贺开门》和《群山可已放晴？》等作品，缺少飞驒的“古典部”会变得难以想象。

说到故事舞台的另一个要素——时代设定，我最近大多不会写完全的“现在”，而是写十年或者二十年前这种稍早的时代。理由比较简单，因为现在信息技术更新迅速，写的时候自以为写的是“现在”，写完却会发现已经过时两三年。

拙作《寻狗事务所》里出现了BBS（注：网络论坛）和ICQ（注：一款即时通讯软件），但现在肯定有人不知道那些是什么吧。我选择写稍早的时代，最大的理由就是为了避免这种陈旧化。这种效果在《满愿》里非常显著，但感觉《寻狗事务所》的陈旧已经进入了怀旧的范畴。

故事、谜题和故事舞台三个要素齐全之后，推理作品终于要启动了。最后，要构思登场角色。生活在这本小说里的角色是怎样的人？小说的登场角色没必要特别有个性。无论什么人都必须度过自己的人生，同样无论怎样的凡人在故事里都拥有职责。重要的是不要糟蹋自己创造的登场角色——这话的意思并不是说不要让他们遇到悲剧，而是即使不完整，至少也要努力给予他们一部分人生。

为了实现这个目的，当必须详细设定登场角色的时候，我会出一份心理学式的考题。要向自己创造的他和她重复询问三十次“你是一个怎样的人”。最初的十五次左右会填上年龄、性别、身高、体重以及杂项，但渐渐就会变得无法回答。随着回答数量的增加，我们会一点儿一点儿地了解到这是一个怎样的人、会重视些什么、在怎样的场面会有怎样的想法和会说些什么等。

6

那么，我的情况就说到这里，差不多该把话题回到太郎身上了。他可能会这么说："原来如此，看来你不是不经大脑地写啊。"然后，他缩起腿，露出一副酒醒一般的表情说道："但是，为什么必须由你来写？就算你不写新东西，过去的名作不是多的是吗？"

太郎的话很有道理。他在最后也展现了自己的独到之处，指出了问题的核心。确实，只要看过去的名作，就一辈子不愁没故事看。那么，为什么我会写小说呢？这世上会不断诞生新的故事吗？

只要站在读者的角度，就能得到寻求新故事的理由。我们不妨提出一个假设，社会一直需要能充当自身镜子的故事。简单来说，人们会想看自己如今生活的世界的故事，想看有自己这类人出场的故事，即使是过去的事情也可以。优秀的故事会超越时间，所以大家能在成百上千年前的故事之中找到自己也并不罕见。但是，能抛开反差，把自己代入到故事之中，会更方便阅读，会更有趣，这种阅读方式也挺不错的。

再者，人们面临的切实问题，每个时代都不一样，所以有些主题需要当今才能产生。我根据信息社会中所有人都能成为发报人的现实所写的拙作《王与马戏团》，或许也是一个例子。即使想在过去的名作里找到优秀的现代主题，有时也是牵强附会或者不靠谱的。现代的故事描写现代的精确度更高，这是很自然的事。

依靠刚才的逻辑论证，基本足以回答我作为读者为什么不会只看过去的名作。

那作为作者呢？我为什么一直被过去的名作打击，却依然继续写作？

我不知道其他小说家和不断创作故事的人们是怎么想的，我只知道自己的个人理由。

我小时候很害怕死亡。

谁都会害怕死亡，但也因为这个原因，每个人只能独自对抗这份恐惧。我非常害怕自己死后一切都会清零。

能不能做些什么避免清零呢？有没有什么就算我死了也不会消失的方法呢……我小时候一直思考着，而得出的结论是自己是一个信息体。身为人类的我迟早会死，但身为信息体的我未必如此。只要分割和传播自己的信息，让他人继承一部分，这些人再基于我的信息创造信息并传播下去……只要人类没有灭亡，我的碎片就会一直保留着。

所以尽管我害怕过去的杰作，也依然决定要写出自己的故事。

我感觉小时候的这种想法如今依然留在我心中。

我希望我写的小说在将来可以催生下一个故事。可以是崇拜我的故事而写，也可以是认为“怎么，米泽根本没什么大不了，我的故事能写得更好”而写。我也是抱着敬意和自负看待先人的作品来写自己的作品的。另外，我的小说或许会成为他人的故事之源。

想到这里，我感到挺满足。

对谈集2

米泽穗信与推理作家

彻底分析和讨论米泽的作品

两个对谈都以米泽的作品为主。
那位作家是怎样看待米泽的作品的呢？

对谈

米泽穗信 绫辻行人
创作出丰满推理作品的条件

《小说 野性时代》二〇一三年十一月号刊登

对谈

米泽穗信 大崎梢
《迟来的翅膀》

《书本的旅人》（《本の旅人》）二〇一六年十二月号刊登

绫辻行人
对谈
米泽穗信
创作出丰满推理作品的条件

▶**钟情于经典的推理作品**

米泽：我上大学之后才正式看推理作品，但唯独绫辻老师的作品在初中时就看过。当时没想过什么是推理，只是觉得《十角馆事件》看上去很有意思就买了一本，然后第一次知道了“卡尔”和“埃勒里”这些名字。

绫辻：米泽先生是二〇〇一年出道吧。记得第二作《愚者的片尾》推出之后，米泽先生在Sneaker文库的新年会上向我道歉，说“在不知情的情况下，使用了（绫辻某部作品的）同一个题材”，让我觉得米泽先生真是一个正直的人。

米泽：第一次见面时，绫辻老师跟我说“看看经典推理作品吧”，我就下定决心看了很多作品。当时发现自己很多作品都没看过，真是汗颜至极。

绫辻：在另一个派对里，米泽先生和谷川流先生畅谈经典故事的情景我也记得很清楚。两位在讨论法兰西斯·艾尔斯的《杀意》如何之类的话题，明明都还很年轻，却讨论那些风格浓烈的部分（笑）。谷川先生其实也相当喜欢推理作品啊。

米泽：国外的话，我喜欢杰拉尔德·克什那种“奇妙的味道”；国内的话，我喜欢“幻影城”出身的作家，所以虽然爱好并不相同，但聊起来非常有意思。

绫辻：《冰菓》和《凉宫春日的忧郁》都是以一个头脑聪明的高中男生为第一人称写的，我倒觉得作品的风格有些相似。

米泽：经常有人这么说。我是受了樋口有介先生的影响。

绫辻：大学时代，米泽先生没有加入推理研究会吧。

米泽：大学没有这种社团。不过，我会上网和别人交换信息，从北村薰先生的“日常之谜”入门，到阅读泡坂妻夫先生、都筑道夫先生和连城三纪彦先生的作品，同时还在自己的网站上发表练习作品。反响最大的是《冰菓》，于是我把这部作品投给角川学园小说大赛，获得了鼓励奖。

绫辻：角川文库的“Sneaker推理俱乐部”品牌虽然很短暂，但也出现了米泽先生这类人才，将现在的状况给联系起来了。我认为它的意义类似于以前的“幻影城”。

绫辻行人老师作为新本格推理的旗手大显身手，近年还创作了恐怖和幻想小说。米泽穗信老师在初中时就爱看绫辻老师的作品，长大后成了作家。两人对推理作品的热情超越世代得以传承，还打算继续传播给年轻的读者。本次邀请两位当红作家讲述了『对推理作品的感情』。

设计构图—福井健太　摄影—中冈隆造

▶各自喜欢的作品

绫辻：听说《折断的龙骨》原本是在网站上发表的作品？

米泽：原型是的。我以为这篇文章没用，谁知东京创元社的编辑夸了它，就重写了一遍。

绫辻：那是米泽先生目前最强的一击。我原本以为米泽先生是一个以“愚直的本格作品”出道的人，谁知《折断的龙骨》在某种意义上是简单直接的本格推理作品，所以吓了一跳。要把那种类型的本格故事写得有意思会很难吧。要遵循的步骤很多，搞不好就很可能写得无聊。《折断的龙骨》出色地攻克了难题，让我觉得米泽先生非常可靠。

绫辻行人（Ayatsuji Yukito）

一九六〇年出生于京都。就读京都大学时，隶属于推理小说研究会。一九八七年凭借《十角馆事件》出道，成为作家，创造了“新本格热潮”的开端。一九九二年凭借《钟表馆事件》获得第四十五届日本推理作家协会奖。著作除了推理作品，还有许多恐怖长篇和幻想故事。

米泽：谢谢！作品采用的故事结构是逐渐缩减嫌疑人，排除法推理作品无论看还是写都很有意思。那部作品能得到绫辻老师的夸奖，我真的很开心。

绫辻：但是，米泽的作品里面我最喜欢的是《羔羊的盛宴》啊。女孩子的“Desu Masu”（注：指日语中的用于名词、代名词和数词等的后面，表示断定的敬语形式）用语有点怀旧的味道。这部作品会在变成黑色幽默前的部分里让读者会心一笑，同时又让他们很难看出后续发展。总之，真的很有意思。《山庄秘闻》的结局在好的意义上来说，会让我捧腹大笑。《北馆的罪人》和《玉野五十铃的名誉》我都非常喜欢。这些作品全是在屋子里发生的故事，所以算是米泽版的“馆系列”吧（笑）。

米泽：我很荣幸（笑）。我很喜欢绫辻老师的《钟表馆事件》。感觉伏笔实在太大胆了，尤其是一开始的台词，能令人感受到不重看就看不懂的推理作品技巧。明明那些话第一次看的时候很可能会略过，但它背后却隐藏着巨大的意义。

绫辻：我的主张是不过分掩饰会更好。与其欺骗十个人中的九个人，不如采用能被三个人看穿的极限写法，这样会带给剩余的七个人更强的冲击。

米泽：我原本以为《雾越邸杀人事件》类似于把推理和幻想融合在一起的《燃烧的法庭》，但看了绫辻老师的恐怖和幻想小说，才察觉到您原本就很追

求幻想风格。

绫辻：我从小就很喜欢“可怕的东西”。推理是在它之后才喜欢上的。十多岁时，我写的都是恐怖小说，没怎么写推理小说。

米泽：有着幻想体质啊。

绫辻：米泽先生会写多个种类和路线的推理作品。但是最开始没人能想象到米泽先生会推出《瓶颈》(《ボトルネック》)和《算计》这样的作品。

米泽：我很见异思迁。《算计》的构思很早之前就有，但听说以“日常之谜”出道的作家在早期写不好那种故事，所以到了二〇〇七年才总算推出。我原本的设想是写一部以新本格推理鼎盛期出现过的“以会看新本格推理作品为前提”的作品，但似乎很少有人会这样解读。

绫辻：话说，《冰菓》的动画做得很好啊。我当时感叹真亏那部结构复杂的《愚者的片尾》可以做成动画。通过动画接触推理作品的读者肯定会变多，动画化成功的功劳很大。有年轻读者是很重要的，我想将来肯定会有作家接触的第一部推理作品就是《冰菓》的动画。

米泽：当时我只能拼命做好眼前的事情，希望可以成为交棒的一分子吧。我原本担心只是两个人在对话的《心里有数之人》要怎么做成动画，但有人看过之后，还去看了《步行九英里》，这让我觉得这就是理想中的发展。希望会有痴迷的人吧。

▶引发意欲的技术

米泽：我在《愚者的片尾》让一个就密室发表言论的角色说了一句“区区钥匙，无所谓吧”。《黑猫馆事件》里也有类似的台词，请问那句台词的意图是什么？

绫辻：我作为一名推理人，其实算不上多正经。就算听见有牢不可破的不在场证明，我也会觉得“肯定是做了什么手脚吧”，碰到密室也会情不自禁地心想“肯定是想方设法制造的吧”(笑)。

米泽：我也一样(笑)，所以会对程序产生疑问。如果增加本格推理的猜谜式性质，那就不需要没完没了地打探，只写一句“所有人都有不在场证明”就完事了。但如此一来，这就不能算小说了。

绫辻：因此，我还写过《咚咚吊桥坠落》(笑)。这本狡猾的连续作品采用的结构是一个业余作者写了那类找犯人的小说，然后作品内的读者会生气。不过呢，在奎因初期时的作品里连讯问场面也很有意思。我也觉得必须追求这种趣味性。

米泽：高木彬光先生会在即将进入解决篇之前归纳解谜项目。以猜谜来说这就足够了，但《刺青杀人事件》和《人偶为何被杀》还是很有意思的。我觉得推理作品的丰满关键就在于此。即使把惊讶的程度加强到极致，作品依然需要故事的部分。

绫辻：要制造惊讶，就有必要引发读者的意欲。虽然光是归纳项目就能让猜谜成立，但无法让读者投入故事世界。如果凭借小说的实力让读者产生意欲，即使是轻轻的一击也能让他们惊讶。我认为小说家的工作就是为了达到这个目的，而建立作品内的真实感。

米泽：世间往往会把推理小说想成找犯人的小说，但经常看的读者会有不一样的看法吧。无论犯人是谁，他们都不会惊讶，所以要在Whodunit(犯人是谁)方面制造意外性会很难。

绫辻：担任新人奖选拔员的话，会发现经常有作品在中途就曝光了犯人。我倒觉得除非使用倒叙和破解不在场证明的手法，就算硬撑也没关系，应该把犯人的真面目拖到解决篇。

米泽：他们的心理是在被读者看穿之前先自己说出来吧。

绫辻：和意外的犯人交手会很困难，所以有时会采用意外的线索、意外的

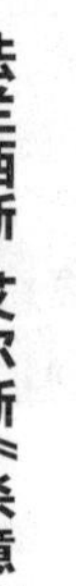

法兰西斯·艾尔斯《杀意》（创元推理文库）

私人医生比格利制订了周详的计划杀害了妻子，为了赢得无罪释放而参加法庭审判。作品兼具细致的罪犯心理描写、和警官的窒息对决、巧妙的大纲，是被称为“世界三大倒叙推理作品”之一的巨作。

谷川流《凉宫春日的忧郁》（角川Sneaker文库）

高中生虚被一个美少女怪人凉宫春日强行拉到了社团“SOS团”，得知其他社员是外星人、未来人和超能力者。荣获第八届Sneaker大奖的出道作。动画版也博得了超高人气。

约翰·迪克森·卡尔《燃烧的法庭》新译版（早川推理文库）

夜里，一个男人在假面舞会内遭到毒杀，遗体在密室状态的骨灰堂内消失。有目击者声称有女人穿墙而过，一个和十七世纪毒杀犯长得像的女人遭到怀疑。将本格推理和恐怖小说融为一体的巨匠的代表作品。

推理、意外的逻辑。但只要引发读者的意欲，还是很有可能让他们惊讶的。最近，我总在思考要怎么做才能引发读者的意欲。米泽先生有没有把什么作品定为“想写成那样”的目标？

米泽：和我的理想相近的是《失控的玩具》。故事知性横溢，联系着过去和现在，遵循了推理作品的固定套路，同时又是一本冒险类小说，包含推理作品的风格。泡坂老师使用了玩具的历史，但我很烦恼我应该用什么主题，还有准备好主题之后应该怎样创作作品。绫辻老师有目标吗？

绫辻：不好说。我的愿望是休息一阵子（笑）。同一种工作持续四分之一个世纪之后，动力往往会停滞不前，但米泽先生这种后辈作家的情况对我来说是一种良好的刺激。我也很希望能有更多的机会像这样和年轻的人们对谈。

哈利·柯梅曼《步行九英里》（早川推理文库）

连续作品的短篇集，描写了英国文学教授尼克·威尔特根据喜欢下国际象棋的郡首长“我”随便写的短文，解开了“现实犯罪”。经典名作，轻妙的逻辑令人印象深刻。

高木彬光《人偶为何被杀》（光文社文库）

魔术人偶的头被盗，后来和一具无头尸体一起被发现。犯人让人体模型被急行列车辗断的目的是？本格推理杰作，描写的连续杀人事件让名侦探神津恭介叹息“真是可怕的大魔术”。

泡坂妻夫《失控的玩具》（创元推理文库）

一名玩具公司的部长因事故死亡，其两岁的长子也死于非命。信用调查所的经营者和其部下拜访了社长居住的“螺丝屋”，这时居民接二连三遭到杀害。充满玩具旨趣的第三十一届日本推理作家协会奖得奖作品。

《迟来的翅膀》

SPECIAL TALK
HONOBU YONEZAWA
×
KOZUE OSAKI

对谈 米泽穗信×大崎梢

累计销售额达二百三十万本的『古典部』系列发表了六年以来的最新作。本次邀请了同样以『日常之谜』类型出道的大崎小姐，一起解读作为米泽先生的起点的『古典部』系列

采访·文章 — 泷井朝世　摄影 — 本后裕二

长大之后想做什么？

米泽：我在高中时已经希望将来做一个写故事的人。大崎小姐呢？

大崎：我当时觉得小说是特殊的人写的。但从高中时起，我一有空就会在脑海中写故事。结婚生子后，我问孩子“长大之后想做什么”时，孩子反问了同样的问题。我心想：自己确实没想过结婚当妈妈之后的事情，就去了书店工作，还写起了小说。

米泽：听说是东京创元社的户川安宣先生促使了大崎小姐出道的。

大崎：是啊。我报名参加新人奖的时候，户川先生要举办短篇讲座，在募集听讲者。报名条件门槛很高，要寄一篇短篇过去，所以讲座没有办成。但户川先生看了我当时报名寄的短篇，最后就谈到出道了。

米泽：大崎小姐的出道作品是由书店店员解开日常之谜的《配送小红帽》(《配達あかずきん》) 吧。从那个时候起，我就觉得大崎小姐的文章完美无缺。

大崎：不，那本书是觉得把书店的工作写成故事会很有意思才写的。米泽先生也是从出道作《冰菓》那时候起就在写日常之谜，请问是有意挑选这个类型的吗？

米泽：在写各类作品的过程中，我感觉自己的文章条理占优，觉得这个特点适合推理的领域。

古典部四人的过去与未来

大崎：以《冰菓》为开端的“古典部”系列最新刊《迟来的翅膀》很快就要发行了。我接到这次对谈的邀请之后，重看了一遍整个系列。

米泽：那真是不敢当。大崎小姐应该会觉得最开始的时候写得太稚拙吧……

大崎：不，我反而觉得米泽先生从第一作《冰菓》起就已经发挥了本领，觉得很感动。就像发现了和《王与马戏团》相通的、类似地下水脉的东西原来从一开始就存在了。

米泽：这样啊，谢谢。那是日常之谜的学园作品，所以有时会被人当成我是以流行小说出道的，但《冰菓》还和学生运动有关，我从那个时候起就打算让它的根基和《再见，妖精》以及《王与马戏团》相通，所以能听见大崎小姐这么说，我很高兴。

大崎：刚写的时候，有考虑过续集吗？

米泽：不，当时完全没有。

大崎：这样啊！每一本的时间都在推进，主人公们不是也会成长吗？所以我很好奇米泽先生构思到什么程度了。

米泽：是在决定要做成系列的时候，才考虑是否推进时间的。我想写一个原本什么都不是的高中生找到自我的故事，所以决定让时间推进。

大崎：古典部四个人之中，谁的形象最先巩固下来了呢？

米泽：雏形小说里第一个是折木奉太郎，然后依次是千反田爱瑠、伊原摩耶花、福部里志。主人公的朋友在最后。千反田是一个不懂世故的人，为了弥补这一点，我打算加一个精于世故的女孩子，就先设计了伊原。

大崎：诸如奉太郎的“没必要的事不做”、千反田的“我很好奇”、里志的“数据库无法给出结论”等，每一个人都有一句令人印象深刻的话。我非常喜欢伊原最开始在图书室见奉太郎时说的“哎呀，这不是折木吗？好久不见，好不想见你啊”。那句话让故事增加了活力。

米泽：为什么伊原会说这种蔑视折木的话呢？这次的短篇集讲述的一个过去事件就是原因。

大崎:嗯，是收录的第二个短篇《镜中不得见》吧。那是初中时代的故事，我看的时候心想“咦，奉太郎在初中时代有过女友？这不可能”(笑)。不过读下去之后，我就明白了。

米泽:呵呵呵。

大崎:这篇《镜中不得见》和《群山可已放晴？》让我觉得有意思的是，两个故事讲述的都是修正自己心中的印象。《镜中不得见》讲述的故事是伊原觉得自己可能误会了初中时代的折木而进行调查，《群山可已放晴？》是奉太郎觉得自己可能误会了老师的想法而查证事实。明明将来肯定不会有人责怪他们，但他们觉得那个人的形象在自己心中被扭曲会不舒服。

米泽:我并没有太注意这方面，但两篇故事在这一点上是共通的。我认为要主动修正自己对他人产生过的“那是一个这样的人”的印象，没有对人的温情和兴趣是很难办到的。

大崎:这本作品集还有一个短篇采用了伊原视角。《我们的传说之书》讲述的是她隶属的漫画研究社的故事。

米泽:伊原在最后的《迟来的翅膀》战胜了迷惘，正在创作漫画，因此我打算写一段她发展到那个阶段前的片段。这次每一个登场角色都有过去和未来的故事，所以也给她写了一个。

大崎:在最后的标题作品里面，千反田给了我很大的震撼。

米泽:这一点从一开始就定下来了。故事讲述的是察觉到自己不知不觉间走上了一直以来不需要走上的舞台。

大崎:很好奇后续发展啊……

米泽:我原本打算让这个短篇集的时间推进更多，但高中二年级的暑假还没写，跳过这一段就太可惜了。

大崎:也就是说，米泽先生已经完成了

下一作的构思吗？

米泽：唔。哎呀，怎么办好呢（笑）。

大崎：话说回来，在米泽先生的作品里，这个系列很少见地稍微偏向了恋爱路线。

米泽：咦，是吗？

大崎：对啊！让人好想在旁边叫好。

米泽：怎么回答比较好呢……好难为情。

大崎：啊……说太多的话，笔锋会变钝吧？请勇往直前！

事实缺乏真实感？

米泽：我明白了（笑）。刚才提到台词的话题，我很喜欢大崎小姐的《未来头条记者》(《スクープのたまご》) 里的台词“要是这世界是由意外的好人、其实很好的人和果然是个好人的人所组成就好了”，感觉其中隐藏着“但可悲的是，事实并不是这样啊”的心情。

大崎：哇，谢谢。

米泽：出版社的“千石社”系列不是做了很多取材才写出来的吗？我想学习大崎小姐这种态度。

大崎：是啊。但是，比如说《未来头条记者》里面，主人公——周刊杂志的记者在采访时错过了回家的电车，因此在采访人家里过夜的这个情节，我是靠想象写出来的。结果，后来有人问我“你是听说了○○先生（小姐）的事情吗”。

米泽：咦？我还以为那段故事肯定采访过周刊杂志的人。

大崎：不。有时候用现实里的人当原型来写，反而更容易被人说“好假”。

米泽：确实，我想表达的并不是“现实比小说更离奇”，而是“事实可以无视真实感”。《群山可已放晴？》里有一个老师被雷劈了三次，那是实际存在的。

大崎：欸？

米泽：因为这个系列是我回顾自己的学生时代，挑出能用来写推理作品的东西而写成的。

大崎：话说回来，我好期待后续。不过在那之前，米泽先生应该还有其他作品的发表计划吧？

米泽：十二月发售的那一期*Mysteries*会刊登“小市民”系列的短篇。大崎小姐呢？

大崎：我这边是十一月由东京创元社推出一个“移动图书馆”的故事《书巴Megurin》(《本バスめぐりん》)。那是一部推理的连续系列作品，讲述移动图书馆前往市内的商业街、住宅区、住宅街等各种地方。

大崎梢（Oosaki Kozue）

出生于东京都。二〇〇六年凭借《配送小红帽 成风堂书店事件记录》出道成为作家。除了这个系列之外，还以出版社“千石社”为舞台，创作了《可爱万岁》(《プリティが多すぎる》)、《三叶草雨》(《クローバー・レイン》)等许多和书本有关的作品，获得了读者的支持。

米泽：听说今年是大崎小姐出道十周年。

大崎：米泽先生是十五周年了吧。

米泽：希望今后也能慎重地写出好作品。

大崎：嗯，我也是呢，每一部作品都会当成最后一部来写，因为一直没有展望将来，所以希望每次写都能从头到尾再三思考。

米泽：我非常期待“移动图书馆”的故事。很感谢大崎小姐今天来参加对谈。

《小说 野性时代》二〇一三年十一月号刊登

▼问题一

请介绍岐阜的优点。

▲回答

我想不到比其他地方更好的优点，但是这里有一家很好吃的创意中餐厅，我会带人过去吃饭。如果来岐阜，请事先和我联络。

▼问题二

请回顾自己出道成为作家到现在的经历，作一句俳句。

▲回答

俳句？真是无理的要求啊。我在这方面很不在行，所以请接受这句我看了问题后立即联想到的俳句吧——

昨天过后哎呀什么事都没有河豚汁。

不过就算今天没事，也不能保证明天会怎样。

▼问题三

这是一个可以测出你喜欢的长篇小说标题的心理测验。

你独自站在河边。眼前有一艘只能坐一个人的小舟。你望向对岸，发现那边有狼、美女和鸭子。狼似乎随时会袭击女人，女人下意识地抓住了鸭子，打算送到狼的嘴边。这时，你发现脚下有一本书。捡起一看，似乎是一本长篇小说，而且令人惊讶的是，这就是你最喜欢的长篇。请问这本小说的标题是什么呢？

▲回答

是《影子》吗？

▼问题四

这是一个可以测出你喜欢的女性类型的心理测验。

你独自站在山顶。你忽然抬起头，看见远方有一个色彩缤纷的热气球。热气球上似乎坐着狗、猴和鸡。你大声呼唤其中一个动物。对方做出了回答，但你听不清楚。热气球渐渐向你靠近。当热气球来到你能看清楚对方长相的距离时，你再次呼唤了狗或者猴或者鸡。你喜欢怎样的女性？

▲回答

OK，我明白了，我们找个机会慢慢聊吧。也请带上狗、猴和鸡，但不能带录音机。

提问者

道尾秀介

（Michio Shuusuke）作家。二〇〇四年凭借《背之眼》获得第五届恐怖惊悚大奖的特别奖并出道。二〇一一年凭借《月与蟹》获得直木奖。

提问者

辻村深月

（Tsujimura Miduki）作家。二〇〇四年凭借《时间停止的校园》获得第三十一届梅菲斯特奖。二〇一二年凭借《没有钥匙的梦》获得直木奖。

摄影｜涩谷高晴

▼问题五

在我搬家和获奖等各种值得庆贺的时刻，米泽先生都曾经送过长崎特产的蜂蜜蛋糕和铜锣烧等点心。请问米泽先生最喜欢的当地特产点心是什么？

▲回答

最先想到的是栗金饨……但最近觉得八天堂的奶油面包很好吃。你吃过吗？

▼问题六

那么，米泽先生推荐的最佳旅游地点是？

▲回答

请恕我说一个司空见惯的地点，我推荐从未爬上伏见稻荷大社最顶端的人上去看看。

▼问题七

米泽先生的心理防线极其严密，连这一面也非常吸引我们。我当米泽先生是朋友，假设米泽先生也当我是朋友的话，那我是从什么时候起变成了你的朋友的呢？

（我也很高兴这次能接到这个提问者的委托。）

▲回答

说，说什么呢！没这回事，大概……我曾经在辻村小姐也在的场合，被五六个人说“米泽和我不太亲近”，这太出乎意料！我们第一次见面应该是“笠井洁、北山猛邦、辻村深月、米泽穗信的对谈”，已经是八年前的事了吧。当时对你的印象是“因为工作而同席的人”，但之后，我们的关系逐渐发展。我反而觉得，我平常都是躲在家里或者独自外出，辻村小姐能这么顾虑我，我真的很高兴。

▼问题八

感觉米泽先生很踏实，请介绍一下你一直以来最“大胆”购买的东西。

▲回答

美国梦基金……

▼问题九

请介绍两个藤子·F.不二雄的漫画之中你想要的道具。

▲回答

能实现所有愿望的泛用性道具算犯规吧。如“时光机”“如果电话亭”和“谎言800”等就得约束自己。这问题会暴露自己的欲望啊，真可怕。我想用“时间布”和“适应灯”快乐地生活（“适应灯”冷暖都适用吧？）。

提问者
谷川流

（Tanigawa Nagaru）作家。二〇〇三年凭借《凉宫春日的忧郁》获得第八届Sneaker大奖赛的大奖并出道。其他著作有《逃离学校！》等。

▼问题十

先不管它是否是推理作品，当你纯粹把作品当成一篇文章看的时候，哪些作家会让你觉得自己写的小说的文风受其影响？请全部列举。

▲回答

泡坂妻夫。只不过，我离那种淡泊的境界太远了。他明明没有用文字描写过任何一个登场角色的内心想法，我却能深切感受到他们的心境，真是可怕的技巧。在这个意义上，与其说受到影响，不如说很崇拜。

我曾经模仿过连城三纪彦的文章，但完全写不出来。久生十兰和山田风太郎的文章也是每次看都想亲自写写，不过这也很难办到吧。即使把质量的问题放到一边，我认为彼此的类型也不一样。

我能想到一些文风意外相似的作家，但再怎么说也太冒昧了，所以之后找个地方再悄悄聊吧。文风很有意思，永远不会腻。

▼问题十一

我想米泽先生从懂事到现在已经看过很多书。能介绍其中特别愉快，或是最让你打心底里发笑的前三或者前五本吗？当然不仅限于推理作品。

▲回答

小时候经常会因为一些无所谓的事发笑，但现在是否还会觉得有趣就难说了……真是残酷。只不过在考虑这个问题之前，我根本记不住书名。

笑话方面，我记得一个关于校对的故事，讲述了把“萨特”写成了“猴子”。虽然不记得为什么会看这个故事，但前些日子看的《增补版 错字读本》(《增補版　誤植読本》)时也提到了这个，让我觉得很怀念。

实在抱歉，明明说不仅限于推理作品，我却选了推理作品。我选择的是伯克莱的《顶楼公寓谋杀案》(*Top Storey Murder*)。伯克莱不时会写一些像是要捉弄"推理作品看太多的人"的作品,《顶楼公寓谋杀案》是最有意思的。

我觉得情节好笑的是皮埃尔·辛尼叶的《苍白的女人》(*Femmes Blafardes*)。这部作品出色的是笑点不是一段文章或一个场面,而是情节本身。所有的登场角色都不会制止这种趋势,后半段我笑个不停。

然后是最近出的书,赫伯特·乔治·威尔斯的《被盗的细菌》(*The Stolen Bacillus*)和《我的第一架飞机》(*My First Aeroplane*)也让我笑了一番。很多作品是想讽刺世情,因此故意矫揉造作,但印象中我看的时候真的只觉得开心。

▼问题十二

我偶尔会妄想如果狄克森·卡尔活在现代,会不会创作出许多应用最先进科学的密室机关,假设米泽先生成功复活了一位已故的推理作家,让他为你写一本书,你想复活谁呢?请讲述一下理由。

▲回答

我也想复活卡尔,看看他怎么吸收历史学的发展。

我认真地思考了这个问题,但越想越觉得就算复活直到寿终正寝前一直在创作的作家,他们也不会说"让你们久等了"而拿出一本书来。既然如此,那我想复活壮志未酬的作家。不过可能会给故人添麻烦……

这么一想,我脑海中浮现的人影是渡边温和北森鸿。

▼问题十三

米泽先生创作了许多重视所谓"最后一击"的作品,请问你觉得有效地发挥这一击的必需条件是什么?情节、机关、逻辑、演出、风格,除此之外作品还有许多组成要素,简单说一个比例就行。比如说创意60%、理论30%、行文气势10%,请按照这种模式回答。

▲**回答**

我的回答大概会颠覆前提，不好意思，其实我很少重视“最后一击”。我认为只重视惊讶感的话，就会把小说写成杰克跳跳箱的感觉。当然，完全没有惊讶感的话，就会写成一部乏味的推理作品。如果觉得我很多作品都有类似“最后一击”的风格，可能是因为我喜欢那种写完应该写的东西就轻轻拉下帷幕的感觉。

回到问题本身，最近我听绫辻老师说过这个问题的答案，所以会受影响。据他所说，是要引发读者的意欲。能做到这一点的话，就可以连往往觉得“现在这个年头，无论犯人是谁，都不会惊讶”的推理读者也会产生强烈的印象（参照第110页）。我无比赞同。

▼**问题十四**

我感觉推理小说看得越多就会越觉得一般的本格推理已经看腻了，想寻求更意外的犯人、更惊险的逻辑、更疯狂的机关等更强的刺激，不久之后就会找到变格、后设推理和反推理等猛药，最后绕了一圈又回到正统的本格推理，不断循环这个过程。请问推理这个类型本身，在今后有可能发生剧烈变化吗？

▲**回答**

糟糕，在前一个问题稍微回答了这方面的东西。推理的质变不好说，感觉会局部出现。肯定会有人设计出没人能想象到的做法。但是，我觉得即使那能成为一段时间内的热潮，也不会从根基上改变整个推理界。

崭新的做法需要建立在自己会看推理作品的基础上，还要和读者建立“共犯”关系才能办到吧。我个人觉得这方面很有意思，也曾经实际写过（说的不是“崭新”，而是“和读者的共犯关系”）。但是，那始终不是主流。我觉得正是因为有了坚实的基础，才能不时采用“惯常”的变种玩法。

我的想法大概是希望推理作品也是一种小说，或者说即使作品采用了推理作品的手法，也会追求写成一本完整的小说。因此，我（虽然喜欢但）不愿要求读者懂得“推理作品就是这样的吧”的前提。所以，我应该不会追求推理作品内部不断深化，最后实现剧烈质变的未来。

明明问的是有没有变化的可能性，我写的却是自己追不追求变化。对不起。

▼问题十五

与其说提问不如说是商量。随着年龄增长，我逐渐察觉到这个世界很难光靠信奉“性本善”的说法活下去，如果米泽先生知道什么能放空脑子去生活的秘诀，请务必教教我。当然，我不觉得米泽先生会这样。

▲回答

知道反正大家都会死应该就行了吧，不行吗？

提问者
谷川流

提问者

贺东招二

（Gatou Chouji）担任电视动画《冰菓》的总编剧。除此之外，还在《惊爆危机》《凉宫春日的忧郁》里面负责剧本。

摄影｜本后裕二

▼问题十六

好久不见！话说把动画版《冰菓》的千反田爱瑠变成丰满女子的主犯就是我贺东，请问米泽先生的真实感想是什么？恨我吗？还是没到这程度？请回答一下。根据回答，我会考虑是不是宣扬“米泽是一个丰满身材的爱好者（又或者骨感身材的爱好者）”。

▲回答

因为设定的关系，伊原摩耶花的大方向是确定的，作为对比，千反田会被那么处理完全符合创作上的理论，我能理解。

▼问题十七

刚才实在失礼。这个先不谈，最近过得怎样？身体还好吗？有没有遇到什么不好的事情？

▲回答

好是好，但感觉从八月底开始就陷入了所有工作都进展不顺利的节奏之中。收到PDF（注：便携式文档格式）的校对文件时打印机故障，收到的邮件没有附件，传真发出的文件需要重新确认，打算把稿子发回校对而放进信封时找不到糨糊，想喝法式咖啡发现只有酸奶没牛奶。

每件事都夹杂着“重头再来”的小节，让我做梦都梦见说一句“OK了”就能完事的工作。不过，这大概是因为在实际操作中不够细心吧。

▼问题十八

那还真讨厌啊。说起来，米泽先生的推理图标是一只狸吧。那个图标有什么典故吗？

▲回答

咦。那是鸟啊……

不！这是那个吧，指鹿为马之类的！谁敢说是鹿就会被杀掉的！嗯，那是狸！理由是因为我喜欢狸！

▼问题十九

原来如此，谢谢。另外去年配音工作结束后，我经常去的四谷交叉点的银章鱼烧好像停止营业了。真是悲伤。请为银章鱼烧说几句。

▲回答

配音工作那段时间很热，所以我没在四谷吃过银章鱼烧……大冷天的话肯定会经常光顾！

有些人不喜欢银章鱼烧那炸过的脆皮，但我很喜欢。不过，我也喜欢软的或者蘸酱汁的皮。酱汁味和酱油味我都喜欢，有没有海苔我都喜欢。

我好喜欢。

▼问题二十

唔，辛苦了。等角川谢恩会的时候再慢慢聊吧。

▲回答

好的。我会把第一次见面时说过的短篇集带过来，希望贺东先生可以签个名。

就是那个啦。

提问者

佐藤聪美

（Satou Satomi）声优。在电视动画《冰菓》中演千反田爱瑠，还饰演过《轻音少女》田井中律等角色。

▼问题二十一

请介绍一下《冰菓》这部作品的诞生经过。（何时、如何、在做什么时构思的……）

▲回答

原本是学生时代写的练习作品。

遇见“日常之谜”这个推理手法之后，我突然想自己写一下，就写了几个主人公是大学生的短篇。因为感觉这个类型很适合我，就决定投稿。这时候我有了些想法，把大学生的设定改成了高中生，于是就成了《冰菓》。

▼问题二十二

看了电视动画《冰菓》，如果有什么感想或者印象深刻的场面，请讲述一下。

▲回答

我写小说时不会明确地想象登场角色的长相，大多是靠轮廓来联想的，所以动画里描绘了登场角色的样子，连我自己也意外得吓了一跳。

我印象深刻，或者说喜欢的故事是《心里有数之人》和《群山可已放晴？》。前者是因为我原本就喜欢密室推理剧，连我自己都看得很兴奋。后者可能是因为原作较短，时间宽松，记得情感的描写方式比平时更加细腻。

▼问题二十三

对老师来说，千反田爱瑠是一个怎样的女孩子？

我很好奇！

▲回答

哈哈，我每次在工作讨论会上说出“我很好奇”的时候，明明这句话很普通，却经常被人问“你是千反田吗”。就连我也是这样，佐藤小姐可能更夸张。

在如今已经面世的拙作之中，千反田是和我打交道时间最长的登场角色。但实话说，现在我对她还没能捉摸透。虽然已经基本理解她会因为什么而高兴或是悲伤，不过感觉还没完全确定应该怎么解读这背后的本性。

我想这肯定是因为“古典部”的系列小说绝大多数都是用折木的视角来叙述的。对折木来说，千反田还是一个谜。

▼问题二十四

如果您要把自己比喻成动物，会比喻成什么？

▲回答

唔，唔……有时我会觉得要是能像狐狸那样欺骗人就好了。另外，我和猫一样都讨厌同一种生物。

▼问题二十五

请介绍一下老师喜欢的地方（可以是具体的地名、店名，也可以是“喜欢这种气氛的地方”之类的！）。

▲回答

我喜欢有文化沉淀的地方。这方面很难形容，几百年来都有人生活的地方，那在这个过程中，很多地方会进行细微的改良，每当我看见这类景色，就会觉得很高兴。

还有洋房。不，我也很喜欢和风建筑啊……很多都喜欢。

提问者

Tasuku Ona

漫画家。目前在《月刊少年Ace》连载《冰菓》的漫画版。

▼问题二十六

除人类之外，米泽先生喜欢什么生物？

另外，有养宠物吗？

▲回答

没养宠物，以前家里养过文鸟。

喜欢的生物是……想不到，感觉我身边没什么动物。

▼问题二十七

创作故事的时候，米泽先生的脑海会浮现出一篇文章，还是一段影像？

▲回答

这个很明确，是文章。

根据文章制作，然后以影像方式检查是否过度或缺漏、有没有矛盾。

▼问题二十八

米泽先生未来想去什么地方看看？

▲回答

鸟取的投入堂、柳川的“御花”，还有爱媛的肱川暴风。

想去的地方的数量比去过的地方增加得更快，所以想去的地方越来越多。

▼问题二十九

执笔遇到障碍的时候，如果有什么固定的行动和放松方式，就请介绍一下。

▲回答

夜晚散步。一边思考犯人、犯罪的步骤等可怕的事情，一边四

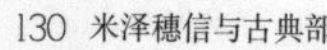

处走走。

▼问题三十

请介绍一下您喜欢的历史人物前三名。

▲回答

唔唔唔。这个好难。说喜欢可能不太准确，请让我列举现在感兴趣的人吧。

俊宽、宇喜多秀家、崇德院。

秘藏的『古典部』字典

由目前合计六部的系列作品，建立了一个热闹的『古典部』世界。本次为了重温这些朝气蓬勃的故事，将首次公开连米泽先生也会参考的执笔资料！本次摘录了四个分类做介绍。

※请注意以下内容会剧透！

撰文—八木村郁

社团

★社团活动

神山高中的学生放学后进行的社团活动。神山高中的传统是文科类社团比较多，数量超过五十个。活动时间主要在放学后。允许每个学生最多同时参加两个社团，可随时加入和退出，但参加时需要经过临时参加和正式参加两个阶段。临时参加之后，如果没有提交正式参加申请书，就会自动当成退出。

■无伴奏合唱社

实力雄厚，不时会受邀参加神山市的活动。二〇〇〇年度的社团室在特殊楼四楼，但惯例在庭院里练习。暑假期间也会在神山高中的庭院内练习，和合唱社一起犹如对歌一般放声高歌。文化祭时，无伴奏合唱社被偷走一瓶“AQARIUS”饮料，成为怪盗“十文字”连续失窃事件的开端。“很好奇（在被校舍围绕的庭院里唱歌）有没有考虑到音响效果”（千反田所言）。

■围棋社

谷惟之是这个社团的社员。神山高中文化祭时，在第二预备教室举办了初学者讲座。文化祭第一天，被怪盗“十文字”偷走了围棋子。社团招人宣传活动时，在体育馆的场地内下围棋，但目击者表示因为没有大棋盘，观众看不清棋子下在哪里，当时的情况惨不忍睹，就像时间静止了一般。

■占卜研究会

十文字香穗是这个社团的社长兼社员，简称“占研”。文化祭时，在帐篷里进行水晶球占卜、竹签占卜、扑克占卜、咖啡占卜，被怪盗“十文字”偷走了塔罗牌的“命运之轮”。社团招人宣传活动时，十文字香穗进行了讲解卡巴拉历史的招揽活动。

■园艺社

文化祭时，做了烤白薯。因为要生火，社团准备了水枪灭火。二年级社员携带的步枪型水枪是AK（卡拉什尼科夫自动步枪），以及格洛克17。文化祭第二天，格洛克17给了折木奉太郎，AK被怪盗“十文字”偷走了。

■巫术同好会

比占卜研究会更受大家欢迎。

■御烹饪研究会

社团室在烹调实习室，简称“御烹饪研”。在不吉利的事件导致“烹饪研究会”废社之后，社员们把名字改成“御烹饪研究会”后重新出发。文化祭第二天，在操场举办了烹调比赛活动——“野火”。活动即将开始前，被伊原指出后，他们才发现汤勺被怪盗“十文字”偷走了。四月的社团招人宣传活动时，在新劝祭（注：神山高中社团招揽新社员的活动）里请参加者吃用野菜做的菜式以做宣传。

■壁报社

社团室在特殊楼三楼的生物教室以及隔壁的生物准备室。社长是远垣内将司。活动内容是制作神山高中的三份报纸（《神高月报》《神高学生会报》《清流》），其中历史最悠久的是《神高月报》。《神高月报》是除八月及十二月以外每月发行的月刊，到二〇〇〇年七月为止即将发行第四百期。现存的旧报纸大约有总数的一半，保存地点是图书室的书库，张贴位置是电梯前。

文化祭期间，每两小时推出一份号外，贴在校内的所有公告板上。报道题材会事先决定，但文化祭第二天中午之后，版面出现了一丁点空位。所有社员都有手机。文化祭第二天，怪盗“十文字”趁所有社员都离开社团室去采访的机会，偷走了美工刀。

■魔术社

社长是田山和哉，高村洋一、长井香是这个社团的社员。文化祭时，从第一天的上午十一点三十分起，在体育馆举办舞台公演，之后在二年D班的教室举办近距离公演。在教室的表演节目是“活死人”（死灵球）→“七色环”（套铁环）→“神出鬼没”→“近距离纸牌魔术”→“杯与球”。第二天下午两点三十分，魔术社第五次公演时，被怪盗“十文字”偷走了蜡烛。

■猜谜研究会

文化祭第一天，从下午一点起，在操场的晨会台前举办了超过一百人参加的大规模猜谜大会——“超级猜谜人挑战7”。社长咬字不清，但担任主持人的女社员发音清晰还懂得临场发挥，出色地完成了主持工作。

■全球行动社

国际义工社团。主要的活动内容是捐赠旧衣物等。文化祭时，在三年E班举办了再现民族菜肴的相关展示板。没有向总务委员会申报便实际制作了玉米面包派发给参加者。

■轻音乐社

二〇〇〇年度的社团室在特殊楼四楼，有时也会借用大堂举办演唱会。暑假期间练习的歌曲是《黑皇后进行曲》（*The March Of The Black Queen*）。文化祭时，包了武术道场三天，进行演奏。最后一天上午被怪盗“十文字”偷走了弦。

■工艺社

情人节放学后，一年级社员打算在公告板上贴“工艺社毕业制作展 地点：函授CIC教室”的海报。

■古典部

持续时间超过三十年的社团，文集是一九六七年创刊的《冰菓》。连续三年没有新社员，因为二〇〇〇年三月最后一批学生毕业导致社团没有社员而陷入废社危机，但后来成功邀请了四月入学的一年级生加入，复活成为正式社团。社团室曾经是生物教室，但一九九九年替换为地学教室。社员有折木奉太郎、千反田爱瑠（社长）、福部里志、伊原摩耶花四人。顾问是大出老师。据校友折木供惠表示，社团有一个传统是“古典部的神山高中文化祭不遇到麻烦是不会结束的”。事实上，在二〇〇〇年的文化祭里，社团文集《冰菓》误印了两百本。文化祭最后一天下午，校对原稿被怪盗“十文字”偷走。社团招人宣传活动时，福部里志在体育馆的舞台上宣传，新劝祭时千反田爱瑠和折木奉太郎在庭院第十七号桌招揽新人。

二〇〇一年，大日向友子临时加入。

■摄影社

社团室在化学准备室，兼设了暗房。鸟羽麻美是这个社团的社员。文化祭时，在三年G班教室举办展览。

■手工艺社

福部里志是这个社团的社员。贴在公告板上的新生招揽海报做成了圆形，宣传语很简单——“要加入手工艺社吗？”下面贴着一块布，布上有刺绣，内容是熊猫在编织，千反田爱瑠很喜欢它。

■糕点研究社

文化祭的活动一般是在烹调室前销售糕点。社员还会戴着南瓜的头套、身缠白布，拿着放了糕点的篮子四处推销。销售的糕点有曲奇、饼干、泡芙。饼干每袋一百日元。文化祭第二天，社员拜访了古典部社团室，和折木奉太郎进行了物物交换，用两袋饼干和小麦粉换取了水枪和《冰菓》。新劝祭时，位于古典部的正对面，一边用曲奇和红茶招待新人，一边招揽社员。

■天文社

泽木口美崎是这个社团的社员。社团室在特殊楼四楼的第五选择教室（与古典部隔一个教室）。文化祭第二天，以“天文社队”的名义参加了御烹饪研究会主办的活动“野火”。前卫的菜式让担任评委的御料理研社长表示“看见黄泉了”。情人节当天放学后，五名成员在社团室内玩TRPG（**注：一款角色扮演游戏**）。新劝祭时，积极地邀请路过的一年级生。招揽宣传语是“天文社，天文社在这边！喜欢星星吗？爱的星球！但一般不会观察天空”。

■钢琴社

多丸润子是社长兼社员。文化祭时，《神山祭的游览方式》内的参加团体没有记载这个社团的名字。有可能废社了？

■服装研究会

简称“服研”。文化祭第一天，在服装室举办服装秀，还征集模特。男社员在古典部社团室购买了一本《冰菓》。当时，折木奉太郎和他进行了物物交换，用自己坏掉的钢笔换了服装秀的贵宾牌。

■广播社

社长是吉野康邦。在文化祭第一天到最后一天的三天里，每天中午十二点三十分后，会通过校内广告介绍最新信息。其中包括介绍猜谜研究会的活动“超级猜谜人挑战7”、御烹饪研究会活动“野火”的社长采访，以及古典部社长千反田爱瑠（关于“十文字”事件）的采访等。

■漫画研究会

社团室在一般楼的二楼第一预备教室。社长是汤浅尚子，后来是羽仁真纪。河内亚也子、伊原摩耶花是这个社团的社员。社员数接近二十人，女生比较多。文化祭时销售文集《世阿弥's》，里面记载了一百本古今漫画的评论。社员的个人作品会免费派发。在河内亚也子的提议下，因坐满销售员和宣传员而进不了社团室的社员（约五人）进行了Cosplay（已向总务委员会报批穿便服上学）。第一天下午，现场举办河内亚也子与伊原摩耶花的论战，题目是“少

女的战斗 在漫研 漫画论热论中（僵尸对战双性体）”。第二天举办了名为“超速度！海报制作 两位令漫画研究会自豪的职人的竞演（超能力者对战保镖）”的现场制作海报的活动。由伊原摩耶花描线、河内亚也子上色、其他数名社员铺上垫子风干，在上午大约两个半小时内完成了五幅立绘和八幅肖像画。二月时，陷入了轻微的内讧状态。潜在的对立在文化祭之后逐渐浮出水面，分裂成印象派和理论派，争夺主导权。

■棒球社

练习场是操场。据说很弱。

■落语研究会

并没有研究落语，而是搞相声和滑稽戏。文化祭第一天上午九点起在体育馆的舞台表演相声。故事讲述了“两兄弟吃完寿司想回家，但哥哥不肯开车，理由是……”，笑点低的福部里志放声大笑。

食物

■生甜虾

千反田爱瑠在文化祭的活动“野火”里制作的菜式。切掉甜虾的头，剥去虾壳，用萝卜做配菜，最后准备好芥末酱油便完成了。

■甜酒

正月时，荒楠神社院内提供的饮品，由溶解酒槽添加甜味而制成。夜晚时，神社的兼职人员不小心打翻了锅，导致不得不重做。

■甜醋蘘荷的白萝卜卷

千反田爱瑠在文化祭的活动“野火”里制作的菜式。用旋切的方式将萝卜切成薄片，用薄片包裹长葱的绿色部分和甜醋茗荷。她和福部里志在换人之后首先做了这种菜式，只用两分钟就做完了。

■土豆饼

千反田爱瑠在文化祭的活动“野火”里制作的菜式。土豆剥皮后切成不规则的形状并煮熟，和太白粉一起研碎搅拌。然后，隔着布捏成一口大小，再煮熟便完成了。蘸酱油食用。即使凉了也很好吃。是福部里志喜欢的食物。

■威士忌酒心巧克力

放在时髦小盒子里的巧克力，是千反田家以前送过礼的糖果店送来的新商品试吃品（千反田家很少吃巧克力，因此千反田爱瑠把它带到了古典部）。每盒约二十颗，个头较大，用包装纸包着，咬下去会感受到杏仁和威士忌的浓烈香味。众人吃掉的数量为折木奉太郎两颗、千反田爱瑠七颗、福部里志两颗、伊原摩耶花一颗。吃完之后，千反田醉了，变得兴高采烈，过了一段时间后突然打了个踉跄，趴在附近的桌子上睡着了，第二天因为宿醉没来古典部。

■维也纳可可

千反田爱瑠在咖啡厅“菠萝三明治”点的饮品。折木奉太郎看见那堆积成山的生奶油，疑惑千反田爱瑠是不是甜食党。

■云南茶

折木奉太郎在茶店“一二三”点的饮品。

■寿司

①落语研究会在文化祭时的相声题材。故事讲述和哥哥在宴会上吃寿司，坐上车想回家时，哥哥迟迟不肯开车，理由是……

②文化祭结束后，在古典部的庆功会上提及。闭幕式结束后，四名古典部成员聚集在古典部社团室（地学教室），为了庆祝文化祭结束以及文集《冰菓》售罄，决定举办庆功宴。千反田爱瑠说要请大家去自己家，还提议叫寿司吃。

■饭团

①文集《冰菓》的编辑会议结束后，福部里志在古典部社团室吃过。

②暑假时，因为和入须冬实约好的时间快到了，折木奉太郎在古典部社团室急忙吃了一个饭团。

■便当

①折木奉太郎的便利店便当。在文集《冰菓》的编辑会议结束的中午，折木奉太郎拿出了事先准备好的便利店便当，价格不足四百日元。

②折木奉太郎的便当。文化祭第二天早晨，由姐姐折木供惠制作。有酸奶烤鸡、调味煮豆、印尼炒饭，充满特色。

③千反田爱瑠的便当。在文集《冰菓》的编辑会议结束的中午，千反田爱瑠打开便当盒的盖子时，盖子发出令人放松的响声。便当较小，但还算够吃。有煮蜂斗菜、厚玉子烧、碎肉炒饭。

④伊原摩耶花的便当。她不时会把自己做的便当带过来。福部里志知道这件事。

⑤大日向友子的便当。她和福部里志的妹妹是一起吃便当的亲密关系。

■炸什锦盖饭

伊原摩耶花在文化祭的活动“野火”里制作的菜式。把小麦粉倒进碗里，加上水和冰块。再放进切碎的长葱、切成薄片的洋葱和甜虾头并搅拌，用热油炸制。装好饭，把炸好的东西放在饭上，再放上萝卜泥，浇上用酱油和甜料酒配成的酱汁，完成。趁热吃会更好吃。伊原摩耶花把天妇罗放进油里时，因为没有汤勺而犹豫不决，导致油炸时间缩短了，让她很后悔。

■南瓜

①南瓜头套。文化祭时，隶属于糕点研究会的女学生二人组头戴南瓜，声称推销而强卖糕点。也许是重心较高，跑步离开时有点摇晃。

②用来舒缓紧张感的想象。千反田爱瑠要作为嘉宾参加广播社的校内广播，为了舒缓紧张感，她决定把人当成南瓜。千反田家也栽培了这种作物，因此容易联想。

③南瓜。新劝祭时，摆放在糕点研究会的桌子上，是有一点儿粗的美洲南瓜品种，橙色。据千反田爱瑠所说，神山市没有农户种植这个品种。

■素豆腐

千反田爱瑠在文化祭的活动“野火”里制作的菜式。用布包裹豆腐捏碎，撒上盐和砂糖。在平底锅上用油炒热黑芝麻，再平铺豆腐。两面都煎好之后拿出豆腐，用菜刀切开，完成。砂糖那糊糊的甜味和炒芝麻的香味令人食指大动。即使放凉了也很好吃。

■曲奇

新劝祭时，糕点研究会招待新人的手工糕点，还搭配了红茶，里面似乎放了吃过就想加入糕点研究会的不可思议的药物。

■红茶

①情人节回家路上，折木奉太郎要福部里志请喝的茶。

②新劝祭时，糕点研究会搭配曲奇一起招待新人的饮品，他们会把放在魔法瓶子里的红茶倒进纸杯递给对方。当时，折木奉太郎和千反田爱瑠正在对话，千反田看见他盯着此景之后，得知他一直以来从未泡过红茶的事实。

■咖啡

①折木奉太郎在咖啡厅“菠萝三明治”里点的带酸味的热乞力马扎罗咖啡。

②暑假的七月底，折木奉太郎在经常光顾的自动售货机里购买的罐装黑咖啡。当时，他和福部里志约好在深山高中会合，在骑自行车前行的途中不时都会休息。

③在古典部社团室开会的时候，折木奉太郎妄想的热咖啡……“好想在冷气强的咖啡厅里喝一杯酸味重的热黑咖啡”。

④二月某天放学后，折木奉太郎在游戏中心让福部里志请自己喝罐装咖啡。由于他有点怕热，因此只能舔着喝，是热黑咖啡。

⑤生日那一天，折木奉太郎白天起床后在自己家厨房泡的咖啡。当他坐在沙发上历经艰辛想摆动招财猫的手时，折木供惠命令他泡咖啡，他只能无奈地走进厨房煮水泡咖啡。折木供惠没怎么喝就外出了。

⑥生日会时，主宾折木奉太郎给客人泡的咖啡。千反田爱瑠、福部里志、伊原摩耶花、大日向友子和他一起举办了热闹的生日会，这时候蛋糕差不多该登场了。折木奉太郎提议要不要泡普通咖啡或者法式咖啡，大家表示赞成，于是他在厨房里煮热水。众人是突然来访，因此他没有事先准备，用的是即溶咖啡。

⑦大日向友子的表哥经营的咖啡厅的名牌咖啡。所有人一起喝店主推荐的品牌。折木奉太郎自认为挺喜欢咖啡，但他无法判别咖啡有多“好”。

⑧伊原摩耶花在雾生的咖啡厅里点的咖啡。她去画具店买完东西之后走进了咖啡厅，点了咖啡和柠檬蛋糕。喝了一口后，她放了一块方糖再喝，却发现咖啡变得非常甜，吓了一大跳。

■小麦粉／低筋面粉

文化祭时，折木奉太郎通过“稻草协定”而获得的食材。装在一个黄色的小纸袋里面。文化祭第二天，它成了“古典部”队伍在活动“野火”中的救世主。

■司康饼

大日向友子的表哥计划开的咖啡厅里招待客人的点心。折木奉太郎、福部里志和伊原摩耶花作为评价客人拜访，大日向友子要求给他们做些咖啡之外的东西，店主便拿出了司康饼。可以蘸自己喜欢的果酱和奶油吃，于是折木奉太郎要了草莓果酱和原味奶油，福部里志要了橘子酱和马斯卡邦尼奶油，伊原摩耶花要了橘子酱和原味奶油，大日向友子要了草莓果酱和马斯卡邦尼奶油。而要参加亲戚的寿宴迟到的千反田爱瑠没能吃到。

■丸子汤

正月时，荒楠神社在院内招待客人的食物。神社的兼职人员夜晚时打翻了锅，因此不得不重做。

■芝士热狗

放了芝士的烤点心。出自福部里志看完班里自拍的自主电影时流露出的感想。“没错，马上就要发生事件了。我可以跟你赌一条芝士热狗”。

■薯片

用番薯做的薯片，盒装。盒盖上面写着鹿儿岛的牌子——JA鹿儿岛。口感干脆，还带些许甜味。大日向友子去福冈听自己喜欢的歌手的巡回演出时在商店买的。放学后，请古典部社员吃。

■玉米面包

墨西哥的民族菜式。文化祭时，全球行动社举办的展览的展示板内介绍了“你也能做到的玉米面包的制作方法（墨西哥）”。还未经总务委员会批准，就向参加者派发实际制作的玉米面包。

■印尼炒饭

炒饭。文化祭第二天，折木奉太郎中午吃的便当的菜式。由姐姐折木供惠制作。米使用了长粒品种。

■酸橙果酱

活雏人偶祭翌日，千反田爱瑠探望感冒的折木奉太郎时送去的慰问品。高级果酱专门店“Mille Fleur”的商品。据千反田所说，把果酱放进红茶里一起喝能治疗感冒。折木奉太郎很少喝红茶，于是用勺子挖了一勺放在小盘子里舔。举办生日会的时候，为了搭配福部里志赠送的饼干，折木奉太郎从冰箱里拿出了它。

■比萨

折木奉太郎的生日会时，因顾虑大家，他提议“要不要叫个比萨”。由于伊原摩耶花说不喜欢芝士的气味，最后没点。

■饼干

①折木奉太郎通过物物交换得来的糕点研究会的手工糕点。每袋售价一百日元。文化祭第二天，通过和出现在古典部社团室的两名糕点研究会社员交换得来。

②福部里志买来的点心，折木奉太郎的生日会时的礼物。饼干的外形有点好看，稍带咸味。和折木奉太郎从冰箱里拿出的“Mille Fleur”夏蜜柑果酱的酸味非常合拍。

■猪肉味噌汤

福部里志在文化祭的活动“野火”里制作的菜式。煮沸开水的过程中，把长葱切碎。去掉鱼干的头和内脏并熬成汤，萝卜切成银杏叶形状。去掉鱼干，放进长葱、萝卜和猪肉碎，去掉白味噌，完成。吃之前要重新加热。

■芝士蛋糕

在温泉旅馆“青山庄”第一天晚饭的甜点。由伊原摩耶花亲戚的女儿善名梨绘亲手制作。虽然伊原摩耶花不喜欢芝士，但芝士蛋糕没有问题。

■培根面包

伊原摩耶花在文化祭第二天的午饭，在小卖部购买，会撕碎来吃。

■抹茶

入须冬实在茶店“一二三”点的饮品，附送茶点。

■抹茶牛奶

纸包装。神山高中小卖部有售。千反田爱瑠说“最近很精致”的饮品。折木奉太郎纳闷“她应该不喜欢咖啡因啊”。

■玉露冰泡茶

折木奉太郎在茶店“一二三”点的饮品，用茶杯装着。在菜单的最上方，“比一般的晚饭还贵”。茶点是甜味浓烈的最中饼（注：日本一种豆馅的糯米饼）。

■御手洗丸子

①活雏人偶祭之后，已完成重任的折木奉太郎、福部里志和伊原摩耶花会合，在水梨神社内的一个角落内吃的。

②荒楠神社参拜道两边的丸子店以每根八十日元的售价销售。星谷杯的最后阶段，折木奉太郎想吃，但被大日向友子指出馅沾到体操服上会很难蒙混过关，便放弃了，改为艾草丸子。

■最中饼

折木奉太郎在茶店“一二三”点的茶点，搭配玉露茶。用牙签插着吃，放在舌头上便能感受到浓烈的甜味。

■烤地瓜

园艺社在文化祭时派发。要生火就必须准备水以防万一，但只是准备一些水桶就太单调了，于是社员带来了步枪型水枪。

■艾蒿丸子

星谷杯的最后阶段，折木奉太郎和大日向友子一起吃的。荒楠神社参拜道两边的丸子店以每根（五个丸子）八十日元的售价销售。可以选御手洗丸子和艾草丸子。折木奉太郎和大日向友子买了三根，两个人一起坐在长板凳上吃。

■蕨菜味噌汤

新劝祭时，御烹饪研究会曾经计划用来招待新人。

物品

■束口袋

①福部里志经常携带，活雏人偶祭时携带的是麻料制成的袋子。里面一般都装着文具，除此之外，还有订书机、养乐多、巧环、口香糖、在图书室借的书、手工巧克力、一次性相机等。

②千反田爱瑠正月时携带过。浅紫色，有金线装饰，缝了球型花纹。下部用绳子束起，在荒楠神社的仓库附近遗失，后来被人发现，作为失物送到身处商店的伊原摩耶花手上。

■手机

折木奉太郎和千反田爱瑠没有。折木奉太郎没有的理由是没有“必要”。

■钱包

①千反田爱瑠的钱包是皮制的。

②折木奉太郎的钱包是牛仔布的两折钱包。有放纸币、零钱和卡片的空间，还附带能

连接钱包链的金属零件。正月夜晚，折木奉太郎被囚禁在荒楠神社仓库时，他拿走了里面的东西，把刚抽到的“凶”签绑在钱包上，把它从仓库的缝隙丢到外面。

■签字笔

活雏人偶祭结束之后，千反田爱瑠从口袋里拿出，摘帽型笔。折木奉太郎和千反田爱瑠分别想到了打电话给中川工务店改变施工日期的人是谁，便各自使用签字笔在自己手掌上写下那个人的名字，然后同时亮出来。

■斜挎包

折木奉太郎使用的书包。有时挂在肩上，骑自行车时会背着。拉链开关式。

■一次性相机

福部里志用来拍摄活雏人偶祭的队伍的相机。他原以为上午的补习会导致他赶不上活雏人偶祭，但是为了以防万一，还是把相机放进了袋子里，这时候活雏人偶更改了路线而延后了时间，因此他成功拍到了队伍。虽说如此，但他对于自己没能用上最佳工具而感到有点不满。

■手帕

①伊原摩耶花的物品。文化祭最后一天上午，制作海报时被洗笔用的水桶里的水泼到，她便从口袋里拿出手帕按住衣服。白色的手帕染成了黄灰色。

②千反田爱瑠的物品。正月夜晚，千反田爱瑠被囚禁在荒楠神社的仓库，为了让伊原摩耶花察觉，她把手帕从仓库的缝隙间丢到外面。那是一条蕾丝边的珍珠色手帕。

■山地自行车

福部里志的爱车，左边把手用烂布修补过。

■招财猫

折木家大厅的灯饰遥控器，折木供惠购买。猫面带笑容，拿着一枚只写着一个“吉”字的金币。原本里面是空心的，采用了发条摆动手臂的机构，但折木供惠进行了改造，在里面安装了荧光灯的遥控器。当招财猫像招财一样摆手时，它的眼睛就会发出红外线，打开或关闭折木家大厅的灯。

■眼镜

戴眼镜的人有图书馆老师糸鱼川养子（写作时）、伊原摩耶花亲戚的女儿善名梨绘（无框大眼镜）、二年F班的杉村二郎（《万人的死角》剧内）、二年F班的羽场智博、二年级生田名边治朗（有框小眼镜）、十文字香穗（有框小眼镜）、魔术社社长田山和哉（无框眼镜）。

■连衣裙

千反田爱瑠的便服有很多都是这种款式。她在咖啡厅“菠萝三明治”和折木奉太郎聊天时，穿的是纯白的奶油色连衣裙。在千反田家开研讨会时穿的是嫩绿色的连衣裙。除此之外，还在旅馆“青山庄”合宿的第一天和第二天穿过。

神山市

■镫岳

神垣内群山之一。一九九九年神山山岳会为了美化登山道，募集十一名义工等成员在这一带举办了捡垃圾活动。

■荒楠神社

神山市规模首屈一指的古老神社，十文字香穗的家，从折木奉太郎家骑自行车很快就到。正月夜晚，折木奉太郎和千反田爱瑠在石鸟居下会合。

■入须家

神山名家之一，其家族和千反田家有来往。经营综合医院恋合医院，规模在神山市内仅次于日本红十字医院。

■印地中学

神山市的初中，千反田爱瑠就读的学校。

■神社

小神社。文化祭前一天夜晚，千反田爱瑠去参拜过。她有一个不为人知的习惯，一遇到麻烦事就会去这个神社，中考和《冰菓》事件的时候都去祈祷。

■折木家

折木奉太郎居住的家，位于住宅街。一栋两层楼房，一楼有客厅和厨房，二楼有折木奉太郎的房间和折木供惠的房间。客厅摆放了电视机、矮桌子和沙发，角落上摆着一部台式电脑（折木供惠的旧物）。电脑是折木家共享的上网终端，但只有折木奉太郎会使用。骑自行车很快就能到达荒楠神社，前往神山高中的路程是徒步二十分钟，骑自行车前往神山市民文化会馆大约需要十分钟。

■镝矢中学

神山市的初中。折木奉太郎、福部里志、伊原摩耶花、大日向友子等人就读的学校，简称镝中。电梯分为学生用、来宾用和职员用。有两条楼梯，其中一条最下面的墙上摆着毕业作品“回忆之镜”。

■神垣内群山

神山市的群山。三千米级别的尖锐山峰连绵不断，群山两边地区的气候完全不一样。代表性的山是镫岳和鐚岳。折木供惠曾经登过面向新人的几座海拔两千五百米以上的山。

■神山高中

无论学生数量还是占地面积，规模都不算大的高中，并没有特别致力于升学率，但姑且属于升学校，总学生数大约一千人。奇特的社团（比如水墨画社、无伴奏合唱社以及古典部等）很多，以文化祭繁盛而知名。区域内高大的楼房有一般教室所在的一般楼、特殊教室所在的特殊楼以及体育馆，总共三栋。一般楼与特殊楼有连廊。除此之外，还有武术道场和体育仓库。校服方面，男生穿立领校服，女生穿衣领和领带是白色的水手服，可通过领口的徽章分辨学年。暑假时还可以穿便服到学校。防寒衣物也可以选择便服。

■神山市民文化会馆

神山市的文化设施，一栋被如红砖一般的瓷砖覆盖的四层楼房，内含大小两个厅。可收容人数为大厅一千两百人，小厅四百人。三楼以下的楼梯井大厅处铺设了黑色大理石。接待处的职员穿着水蓝色制服。这里是江岛合唱祭的会场。

■神山商业高中

神山市的私立高中，千反田爱瑠的朋友在这里就读。文化祭时发生了文化祭捣乱事件，有人在大楼后恐吓销售员，把销售所得全部抢走。

■神山市立图书馆

神山市的图书馆，向服务台的管理员提出要求便能让管理员搜索新闻报道。

■游戏中心

位于商店街的角落，理发店旁边。灯火通明，小型机器被逼到店铺的角落，大型机器横行霸道。折木奉太郎和福部里志玩的游戏是模拟机器人战斗的游戏，一百日元玩一次。

■巧文堂

距离车站稍远的文具店，是一间很久之前就有的小店铺，由一对老年夫妇经营。附近有北小学，小学生平时使用的物品应有尽有。

■光文堂

国道旁的书店，有时会被称为光文堂书店。

■财前村

以登山入口和温泉知名的山村。在神山市坐公共汽车，一个半小时可到达，是山道的终点站。伊原摩耶花亲戚经营的温泉旅馆“青山庄”就在那里。

■錣岳

神垣内群山之一。

■商店街

里面有街机厅，因此折木奉太郎雨天时经常来这里。街上有服饰店、精品店、理发店、游戏中心等设施。透过店铺的缝隙能稍微窥见神山高中。人行道铺了瓷砖，马路较窄，小型卡车穿过时不太灵便。

■阵出

指神山市东北部一带。千反田爱瑠居住的地区。

■丸子店

星谷杯的最后阶段，折木奉太郎和大日向友子买艾蒿丸子的店。荒楠神社宽阔的参拜道两边设立了许多商店，丸子店就在其中。店前设有巨大的日式雨伞和铺了垫子的长板凳，店主是一个看上去很好人的老妇人。

■千反田家

神山名家之一。富农，家族历史可以追溯至江户时代初期。目前和现任家主夫人（千反田爱瑠的母亲）的娘家关谷家有些疏远。房屋建立在宽阔的田地里面，是一栋被树篱围绕的平房。庭院里长着被修剪得很漂亮的茂盛松树，还有水池，兼具浑然天成的华美与风雅。脱鞋处用石头制成，走廊铺了木板。种植的农作物有稻米、南瓜、小麦等。

■停车场

神山高中的自行车停车场，位于校舍后面。暑假时有几天为了维护而禁止停放自行车。

■长久桥

位于阵出的一座小桥。顺着小河边上的路，走过樱树，再拐一次弯就到。桥比较窄，汽车不能通过。其为木桥，木头的颜色已几乎全变黑，连沥青也没有。由于桥已经老化，活雏人偶祭当天进行了重建工程。

■远路桥

位于阵出的桥，在长久桥的下游。活雏人偶祭当天，由于长久桥正在施工无法使用，活雏人偶的队伍紧急改变路线，路过这座桥。

■楢洼地区

在神山市以北约二十千米的古丘町的古丘矿山还没关闭时，是矿坑所在的地区。神山高中二年F班拍摄自主制作电影的外景地。交通不便，但矿山全盛时期曾经极其繁荣。目前这里是废村，但矿山的设施依然能够运作，地区归入矿山管理。

■菠萝三明治

咖啡厅。折木奉太郎被千反田爱瑠叫出去时，指定这里作为会合地点。店面不大，但招牌引人注目。店内没有有线广播等音源，因此店内很安静，折木奉太郎喜欢这里深褐色基调的古朴店内装饰与带酸味的乞力马扎罗咖啡。折木奉太郎说过，“来这间店不点咖啡，等于去上野动物园不看熊猫”。后来咖啡厅搬迁了。

■八幡宫

位于折木奉太郎家附近。境内宁静，有一块适合坐下的石头。

■伯耆屋

衣服店。千反田爱瑠经常光顾的店铺。

■水梨神社

位于神山市东北部阵出的神社，建在和千反田家隔河相望的对岸的山里面。每年旧历雏人偶祭时节，这里会举办“活雏人偶祭”，由一个盛装打扮的女孩“活雏人偶”带领队伍走过村落。

■Mille Fleur

人气果酱专门店，售价高昂但很好吃。千反田爱瑠为了答谢活雏人偶祭时的事以及探望感冒的折木奉太郎而拜访了他的家，当时带了在这间店里购买的夏蜜柑果酱作为慰问品。

■恋合医院

入须家经营的综合医院，是神山市内规模仅次于日本红十字医院的综合医院。从神山高中徒步五分钟便可到达。

原著名:《米澤穂信と古典部》，著者：米澤穂信
YONEZAWA HONOBU TO KOTEMBU

图书在版编目（CIP）数据

米泽穗信与古典部 / (日) 米泽穗信著 ; 黄敏贤译. -- 北京 : 新星出版社, 2020.11（2023.5重印）
ISBN 978-7-5133-4170-7
Ⅰ. ①米… Ⅱ. ①米… ②黄… Ⅲ. ①米泽穗信—小说创作—研究 Ⅳ. ①I313.074
中国版本图书馆CIP数据核字（2020）第190199号

本书为引进版图书，为最大限度保留原作特色，尊重作者写作习惯，酌情保留了部分外来词汇。特此说明。

米泽穗信与古典部

［日］米泽穗信 著；黄敏贤 译

责任编辑：汪 欣
特约编辑：黄嘉丽
责任印制：李珊珊
装帧设计：何晓静

出版发行：新星出版社
出 版 人：马汝军
社　　址：北京市西城区车公庄大街丙 3 号楼　100044
网　　址：www.newstarpress.com
电　　话：010-88310888
传　　真：010-65270449
法律顾问：北京市岳成律师事务所

读者服务：010-88310811　service@newstarpress.com
邮购地址：北京市西城区车公庄大街丙 3 号楼　100044

印　　刷：凸版艺彩（东莞）印刷有限公司
开　　本：890mm × 1240mm　1/32
印　　张：4.625
字　　数：100千字
版　　次：2020年11月第一版　2023年5月第六次印刷
书　　号：ISBN 978-7-5133-4170-7
定　　价：35.00元